从你美丽的流域

张晓风 著

作家出版社

图书在版编目（CIP）数据

从你美丽的流域 / 张晓风著 .—北京：作家出版社，2021.6
（张晓风经典散文）
ISBN 978-7-5212-1250-1

I.①从⋯ Ⅱ.①张⋯ Ⅲ.①散文集－中国－当代 Ⅳ.① I267

中国版本图书馆 CIP 数据核字（2020）第 261276 号

本著作物经作家张晓风授权，由作家出版社在中国大陆出版、
发行中文简体字版本。

从你美丽的流域

作　　者：张晓风
责任编辑：省登宇　周李立
装帧设计：琥珀视觉
出版发行：作家出版社有限公司
社　　址：北京农展馆南里 10 号　　邮　　编：100125
电话传真：86-10-65067186（发行中心及邮购部）
　　　　　86-10-65004079（总编室）
E-mail:zuojia @ zuojia.net.cn
http://www.zuojiachubanshe.com
印　　刷：北京盛通印刷股份有限公司
成品尺寸：142×210
字　　数：160 千
印　　张：6.375
版　　次：2021 年 6 月第 1 版
印　　次：2021 年 6 月第 1 次印刷
ISBN 978-7-5212-1250-1
定　　价：35.00 元

目 录
CONTENTS

从上世纪到这世纪（代序）

一　永不下架

"我要我的书永不下架！"

这句话真是豪气干云，谁说的？是我尊敬的亦师亦友的某长者说的。

她正想要写回忆录，某出版社找她，她说："我只有一个条件，我要我的书永不下架。"

出版社答应了她，书写了五年，终于付梓，反应是既叫好又叫座，朋友都为这事极为振奋，仿佛出版事业也从此又可重整旗鼓的样子。

当然，主要是因为那书写得浃髓沦肌，令阅者顽廉懦立。

二 我猜，我大概是一个……

我问我自己，有勇气提出这么勇敢的要求吗？

回头自检，我猜我大概是一个彳彳亍亍趔趔趄趄的人吧！别人看我走了很长的路，其实那些路程很可能都是半步半步磨磨蹭蹭走出来的。

除了在宗教信仰的世界里，我其实不敢去碰"永远"这个词。

有点像罗大佑年轻时候所写的一首悲伤的情歌，他在女孩向他保证永远爱他的时候居然唱道：

姑娘，爱情这东西我明白，

但，"永远"是什么？

如果人世间难以划出"永远"的定义，我又如何能要求出版单位让我的书"永不下架"呢？

三　香风细细

如果人生能选择，我倒很希望像那位性格明快的前辈，能大剌剌地说一句：

"我要我的书永不下架！"

但性格是勉强不来的，我也好像只敢小声说：

"我愿我的书是南方吹来的薰息，香风细细，时不时地会被记起——即使是不吹的时候。"

四　补过

这书，是一九八八年出的，现在又来改版重出，算来是二十一年之后的事，上一次竟是上世纪啊！这一次，已是二十一世纪，真是悠悠此身啊！但，这毕竟还不算永不下架。

排稿送来，我在不断检校错字之际，发现一条资料引错了，就这样一错二十年，现在能及时发现，羞愧中不免觉得万幸。假如二〇〇五年那场大病夺去了我的性命，这些错就来不及改正了。

这个错印在一三〇页①，原版把诗人的名字误为西行，其实是明惠。

能补过——虽然只是两个字的事——也让人觉得好得不得了。"活着，可以改正错误。"这真是一条活下去的好理由。

书上有些小地方也做了修正，例如一九八八年版中的"女友"二字其实多半是指慕蓉，但因她是负盛名的人，我不太想落入前人夸言"我的朋友胡适之"之讥，所以就略言过去。她写到我时，也是如此，我常常像女间谍似的被安排了某个英文字母为代号。

但相交三十年，今年我们好像忽然想通了，电话里很快达成"新共识"，我们既是互信互爱互敬互重的挚友，何不把我们的名字明明白白地写出来！这既不是抬举对方，也不是抬举自己，风清月白处，有什么不可昭告的。

---

① 本版在九三页。

五　不盗而有的火苗

希腊神话中的普罗米修斯是个倒霉的创作者，他奉天帝之命去造人，然后，他又深为自己的作品而焦虑。唉，这种自己手制的叫"人"的生物是多么软弱无用啊！载重不及蚂蚁，奔跑不及老鼠，嗅觉甚至不如猪狗。

他觉得该为自己的作品（人类）负责，于是便计划去天上盗火来给人类使用。当然，他因此受了重罚，那是后话。我很能体会普罗米修斯"没把作品完成为极好"的心情，所以就也很想去抓点什么来弥补。我的弥补之计都在封面上，此书封面[①]上其实暗藏了四个贵人，第一个是设计者曾尧生，此人爱书且充满创意。第二是台静农老师，他虽已走了十几年，但他留下的书法真是冠绝今古，我集了他的"流"和"丽"两个字（也谢谢台益公兄允许我使用这珍贵的遗产），自觉使这本书如发鬓上插了"金步摇"的古代小女孩，隐约之间竟平添了成熟高贵的韵味。

----

① 这里指台版封面。

　　我当然还需要照片，需要和河有关的照片，我忽然有了两张，其中一张是席慕蓉照的，另一张是她的蒙古朋友护和照的，慕蓉照的那张是克鲁伦河，护和照的那张被尧生选为封面。接着，由于舍不下慕蓉那张克鲁伦河的岸草，尧生竟安排了双封面，于是书前是"雁飞于天"，书后是"水草丰美"。而我的作品夹在这两河流域之间理应可以成为青翠的洲渚了。然而，还不止，因为……

　　我一直想要一张摄影，一张大河的摄影，从高处俯瞰，它看来要像大地的血管又像曲折敏锐的神经。慕蓉刚好在蒙古高原的上空照到了，她本来不肯给我，说是隔着机窗，照得模糊不清，曾尧生却说不妨事，不料，经他一整理，事后发现真是澄净美绝，"清晰"这件事反而变成不必要的啰唆了。附带说明的是图中细线不是刮痕，是山路。当然，如果你要说，路，是山的刮痕也可以。

　　尧生竟想了办法再加一张，让这本书变成三封面，我不免为之目瞪口呆。

　　有上述四者的创意来加持，使这本书像有了火苗的人类，气焰骤然强了起来。而且更好的是，这些火苗都是正正当当拿来的，不是盗的。

　　此外，当然也要谢谢尔雅出版社，因为，是他们多年认真经营，提供了牢固的书架，并且让我稳稳地陈列在那里，从上世纪到这世纪。至于尔雅的负责人隐地则是五十年前就认识的朋友，他经理过我的第一本书——《地毯的那一端》（这句话，如今成了海峡两岸对"婚礼"二字的代名词），我至今尚能不辜负隐地当年的青睐和期许，也颇堪自我告慰，我想我们应该互相重拍一记肩膀，并且说：

"辛苦了！好朋友。"

至于我的书能"永不下架"吗？我仍然不敢说，如果上苍厚我，我只要求他容许我：

"让我的国家永不下架，

让我的民族永不下架，

让我的深爱的中文永不下架。"

辑一　只因为年轻啊

一句好话

　　小时候过年，大人总要我们说吉祥话，但碌碌半生，竟有一天我也要教自己的孩子说吉祥话了，才蓦然警觉这世间好话是真有的，令人思之不尽，但却不是"升官""发财""添丁"这一类的，好话是什么呢？冬日的晚上，从爆白果的馨香里，我有一句没一句地想起来了。

1

　　"你们爱吃肥肉，还是瘦肉？"

讲故事的是个年轻的女佣人，名叫阿密，那一年我八岁，听善忘的她一遍遍重复讲这个她自己觉得非常好听的故事，不免烦腻，故事是这样的：

有个人啦，欠人家钱，一直欠，欠到过年都没有还哩，因为没有钱还嘛。后来那个债主不高兴了，他不甘心，所以到了吃年夜饭的时候，就偷偷跑到欠钱的家里，躲在门口偷听，想知道他是真没有钱还是假没有钱，听到开饭了，那欠钱的说：

"今年过年，我们来大吃一顿，你们小孩子爱吃肥肉，还是瘦肉？"

（顺便插一句嘴，这是个老故事，那年头的肥肉瘦肉都是无上美味。）

那债主站在门外，听得清清楚楚，气得要死，心里想，你欠我钱，害我过年不方便，你们自己原来还有肥肉瘦肉拣着吃哩！他一气，就冲进屋里，要当面给他好看，等到跑到桌子前一看，哪里有肉，只有一碗萝卜一碗番薯，欠钱的人站起来说："没有办法，过年嘛，萝卜就算是肥肉，番薯就算是瘦肉，小孩子嘛！"

原来他们的肥肉就是白白的萝卜，瘦肉就是红红的番薯。他们是真穷啊，债主心软了，钱也不要了，跑回家去过年了。

许多年过去了，这个故事每到吃年夜饭时总会自动回到我的耳畔，分明已是一个不合时宜的老故事，但那个穷父亲的话多么好啊，难关要过，礼仪要守，钱却没有，但只要相恤相存，菜根也自有肥腴厚味吧！

在生命宴席极寒俭的时候，在关隘极窄极难过的时候，我仍要打起精神对自己说：

"喂，你爱吃肥肉，还是瘦肉？"

2

"我喜欢跟你用同一个时间。"

他去欧洲开会，然后转美国，前后两个月才回家，我去机场接他，提醒他说：

"把你的表拨回来吧，现在要用台湾时间了。"

他愣了一下，说：

"我的表一直是台湾时间啊！我根本没有拨过去！"

"那多不方便！"

"也没什么，留着台湾的时间我才知道你和小孩在干什么，我才能想象，现在你在吃饭，现在你在睡觉，现在你起来了……我喜欢跟你用同一个时间。"

他说那句话，算来已有十年了，却像一幅挂在门额的绣锦，鲜色的底子历经岁月，却仍然认得出是强旺的火红。我和他，只不过是凡世中，平凡又平凡的男子和女子，注定是没有情节可述的人，但久别乍逢的淡淡一句话里，却也有我一生惊动不已、感念不尽的恩情。

3

"好咖啡总是放在热杯子里的！"

经过罗马的时候，一位新识不久的朋友执意要带我们去喝咖啡。

"很好喝的，喝了一辈子难忘！"

我们跟着他东抹西拐大街小巷地走，石块拼成的街道美丽繁复，走久了，让人会忘记目的地，竟以为自己是出来踏石块的。

忽然，一阵咖啡浓香侵袭过来，不用主人指引，自然知道咖啡店到了。

咖啡放在小白瓷杯里，白瓷很厚，和中国人爱用的薄瓷相比，另有一番稳重笃实的感觉。店里的人都专心品咖啡，心无旁骛。

侍者从一个特殊的保暖器里为我们拿出杯子，我捧在手里，忍不住讶道：

"咦，这杯子本身就是热的哩！"

侍者转身，微微一躬，说：

"女士，好咖啡总是放在热杯子里的！"

他的表情既不兴奋，也不骄矜，甚至连广告意味的夸大也没有，只是淡淡地在说一句天经地义的事而已。

是的，好咖啡总是应该斟在热杯子里的，凉杯子会把咖啡带凉了，香气想来就会蚀掉一些，其实好茶好酒不也都如此吗？

原来连"物"也是如此自矜自重的，《庄子》中的好鸟择枝而栖，西洋故事里的宝剑深契石中，等待大英雄来抽拔，都是一番万物的清贵，不肯轻易亵慢了自己。古代的禅师每

从喝茶啜粥去感悟众生，不知道罗马街头那端咖啡的侍者也有
什么要告诉我的，我多愿自己也是一份千研万磨后的香醇，并
且慎重地斟在一只洁白温暖的厚瓷杯里，带动一个美丽的清晨。

4

　　"将来我们一起老。"

　　其实，那天的会议倒是很正经的，仿佛是有关学校的研
究和发展之类的。

　　有位老师，站了起来，说：

　　"我们是个新学校，老师进来的时候都一样年轻，将来要
老，我们就一起老了……"

　　我听了，简直是急痛攻心，赶紧别过头去，免得让别
人看见我的眼泪——从来没想到原来同事之间的萍水因缘也
可以是这样的一生一世啊！学院里平日大家都忙，有的分析
草药，有的解剖小狗，有的带学生做手术，有的正埋首典
籍……研究范围相差既远，大家都无暇顾及别人，然而在一
度一度的后山蝉鸣里，在一阵一阵的上课钟声间，在满山台

湾相思树芬芳的韵律中，我们终将垂垂老去，一起交出我们的青春而老去。

能为一个学校而老，能跟其他的一时俊彦一起老，能看着一批批的孩子长大而心安理得地去老，也算是一种幸福吧？

5

"你长大了，要做人了！"

汪老师的家是我读大学的时候就常去的，他们没有子女，我在那里从他读《花间词》，跟着他的笛子唱昆曲，并且还留下来吃温暖的羊肉涮锅……

大学毕业，我做了助教，依旧常去。有一次，为了买不起一本昂贵的书便去找老师给我写张名片，想得到一点折扣优待。等名片写好了，我拿来一看，忍不住叫了起来：

"老师，你写错了，你怎么写'兹介绍同事张晓风'，应该写'学生张晓风'的呀！"

老师把名片接过来，看看我，缓缓地说：

"我没有写错，你不懂，就是要这样写的，你以前是我的学生，以后私底下也是，但现在我们在一所学校里，你是助教，我是教授，阶层虽不同却都是教员，我们不是同事是什么！你不要小孩子脾气不改，你现在长大了，要做人了，我把你写成'同事'是给你做脸，不然老是'学生''学生'的，你哪一天才成人？要记得，你长大了，要做人了！"

　　那天，我拿着老师的名片去买书，得到了满意的折扣，至于省掉了多少钱我早已忘记，但不能忘记的却是名片背后的那番话。直到那一刻，我才在老师的爱纵推重里知道自己是与学者同其尊与长者同其荣的，我也许看来不"像"老师的同事，却已的确"是"老师的同事了。

　　竟有一句话使我一夕成长。

杜鹃之笺注

郑康成为《诗经》作笺，宋人吴正子为李贺诗作笺，凡是美丽且奥义的东西都需要"笺"，我今且来为千岩之上万水之畔的杜鹃细细作笺。

对万物，我是这样来判断的：

一切东西，如果真的很好，好到极致，大概终于都会嫁给神话。凡是跟神话无缘的，在我看来，都像新贵乍富，少掉了一些可凭可依的深意。

是故大地有其神话，日月有其神话，星辰和露珠有其神话。此外季节、山川、风俗亦每有其神话。群花虽微，其中总有一些像月下突拔的峰头，平白沾得几许天庭幽辉。凡是能和神话结缘的花，总有其特异的风姿。

其实所谓"神话",不就是一番注解的苦心吗?上帝是造物者,人类则是费心为万物——做注释的人。相对于宇宙的好生之德,我们不都是"述而不作"如仲尼的人吗?我们不能造山造河,所以只好演述它们的美丽。诗人为它们做感性的释义,科学家为它们做知性的缕析,那说神话故事的人却希望寻幽探微,说破万物的潜秘。此外一切画家、音乐家、哲学家不都如小学生面对试卷,在努力地做着注音和解释的题目吗?

因此,回想起来,七岁那年我所以爱上杜鹃花,其实大半原因是由于先爱上了一则神话。

那年春天,我们住柳州城,房子坐落在山脚下,时时听到风声和鸟声。由于房子是借住的,由于山、由于春天、由于雨雾、由于父亲仍在战线上,童年的我竟也会感应一份客愁。夜深时,我在灯下习字,母亲说:

"这种杜鹃鸟很奇怪,它把自己倒吊在树枝上叫,叫到后来,血都从舌头上滴下来,滴到杜鹃花上,花就染红了。"

春寒犹深的夜里,听到这样凄厉的故事,小小的心不免悸怖觳觫,奇怪的是在惊惧之余偏偏不能自禁地喜欢上这种诡异的花。每次站在杜鹃花前,心中亦惨亦烈,想起泣血的故事,但觉满满一丛树上都是生生死死的牵绊。

杜鹃又名"山踯躅"和"映山红"，对我而言，初识杜鹃，原是在山上，漫山的红花，是踯躅不忍言去的颜色啊！幼年时，但记得湘黔线上，火车经过湖南、广西一带（怎知我日后会嫁一个湖南人呢？），竟是在花阵中穿行。那时太小，不知逃难有什么不好，只觉驿站上小贩卖的腊肠焖饭极好吃，满山满谷的山踯躅极美丽，悠悠的铁轨可以笔直无回地一路开拔下去。

小时候记不住什么湘黔线，却记得一山复一山的杜鹃——虽然不是名种。故土最后的一抹颜色，凄艳绝人，一条光光灿灿照明离人之眼的花之轨迹。

去岁，李霖灿先生和我谈大千先生的故事，他说：

"有一年，大千先生邀我去看杜鹃，他新从瑞典空运回来的黄色杜鹃，极名贵。我去看了，他问我花如何，我笑而不答，他再问，我仍笑而不答。大千先生忽然懂了，洒然大笑说：'是啦！是啦！我懂啦！这种花，不入法眼，你在云南住过，好的杜鹃品种你是见识过的。'我说：'对了，正是如此。'"

我听那故事，不胜欣羡，此生此世，如能被人说一句："好的花，她是见识过的！"也就心满意足了。

然后就是台北，记忆中杜鹃该开在南方的山城里，台北亦是多雨多山的城，亦有杜鹃烈烈而发。读大学是在溪城，那时学校草莱初辟，时时看见苏州籍的施季言先生撑着把遮阳伞在后山指挥工人堆石种花，布局之间，恍然有苏州庭园风。他所种下的几乎全是杜鹃（虽然也有栀子）。年年春花，都让我驻足，让我想到这些花原来都是我的同届同学。而今，它们如此云蒸霞蔚，我呢？其中有一丛开在阶梯旁石缝中的粉色杜鹃，我几乎把它看作迷信故事里的"本命树"，年年春天都要和它相对站一会儿，仿佛那二十岁的长发女孩，此际来重访故人，或者自己。

杜鹃又几乎是所有校园里的宠花，由于是校园花，也可以算是青春的旗标、智慧的泉柱。台大校园里的杜鹃许多是日据时期种下的，杜鹃这种花竟是愈老愈精神，非常像"知识"，是一种历久不凋的容颜。

前些年，不知为什么，忽然流行起重瓣的洋杜鹃，奇怪的是许多花虽因重瓣而美丽，杜鹃偏偏是单瓣的好看。单瓣的杜鹃才有单纯明朗的线条、干净澄定的颜色。而且台湾杜鹃花期长，又耐得各种气候，真是放诸天下亦可骄傲的春华。

杜鹃开到五月，大致谢了，却由于额外的恩宠，台湾又有一种小朵杜鹃来接棒。它们一般开在山里，有时从悬崖壁缝里倒长下来，乍看不免又惊又喜，看来杜鹃真是中国花，好比中国人喜欢《西游记》之后又有《西游补》,《西厢记》之后又有《续西厢》,这小朵杜鹃看来亦是杜鹃的续篇。另外有种红心杜鹃（亦名"红星杜鹃"），也极出奇，大约花中也有隐人高士，红心杜鹃风格高标，竟自顾自地长成一棵高山上的小树了。看来杜鹃是亦师亦友的对象，与人齐高的可做朋友，硕大成树的可居宗师，至于那小丛小朵的，则是可爱宠娇纵的孩童。

杜鹃无果，是绝对为美而生存的花，再功利的人看到杜鹃也要心软，知道无用也是可以理直气壮的。

杜鹃花的花期长，是上天的优惠，但它又不像某些花开足十个月，显得太长，反而失去了季节更迭的喜悦。杜鹃花的花时如情人的乍见与相守，聚是久违的狂欢，离是迟迟的驻步，发乎其不得不发，止乎其所当止。

至于多年前的山城春夜，听母亲说那则极美丽且极可怕可伤的神话，现在想想竟也不惊了。王尔德笔下的红蔷薇，不也是夜莺刺透胸血而染红的吗？人间的欢愉，人间的艳色，背后不都潜藏着生命极挥洒处的最后一滴血吗？

如果杜鹃花是一部属于春天的经书，则我此番絮絮叨叨便是解释经书的笺注了。上天啊，能否容我为山作笺、为水作注、为大地作传、为群树作疏证？答应我，让我站在朗朗天日下为乾坤万象做一次利落动人的简报。

如果你看不明白这番笺注，就请去翻阅杜鹃那部经书的原典吧！它的墨色淋漓，至今犹新，每一朵花都是一粒点捺分明的字模，每一字可以说破万千法象，亿万朵花合起来则是说不尽的天道悠悠——所以，如果这部解释性的笺注使你愈看愈糊涂，则请你去翻查杜鹃那部经书的原典吧！

幸亏

一

似乎常听人抱怨菜贵，我却从来不然，甚至听到怨词的时候心里还会暗暗骂一句："贵什么贵，算你好命，幸亏没遇上我当农人，要是我当农人啊，嘿嘿，你们早都买不起菜了！"

这样想的时候，心里也曾稍稍不安，觉得自己是坏人，是"奸农"。但一会儿又理直气壮起来，把一本账从头算起。

譬如说米，如果是我种的，那是打死也舍不得卖得比珍珠贱价的。古人说"米珠薪桂"，形容物价高，我却觉得这价钱合理极了，试想一粒谷子是由种子而秧苗而成稻复成粒的几世正果，那里面有几千年相传的农业智慧，以及阳光、沃土、和风细雨的好意。观其背后则除了农人的汗泽以外也该包括军人的守土有功，使农事能一年复一年地平平安安地进行。还有运输业，使浊水溪畔的水稻能来到我的碗里，说一颗米抵得一颗明珠也没有什么可惭愧的吧？何况稻谷熟时一片金黄，当真是包金镶玉，粒粒有威仪，如果讨个黄金或白玉的价格也不为过吧！

所以说，幸亏我不种田，我种的田收的谷非卖这价码不可！西南水族有则传说便是写这求稻种的故事，一路叙来竟是惊天动地的大业了。想来人世间万花万草如果遭天劫只准留下一本，恐怕该留的也只是麦子或稻子吧！因此，我每去买米，总觉自己占了便宜，童话世界里每有聪明人巧计骗得小仙小妖的金银珠宝，满载而归，成了巨富。我不施一计却天天占人大便宜，以贱价吃了几十年尊同金玉的米麦，虽不成巨富，却使此身有了供养，也该算是赚饱了。故事里菩萨才有资格被供养呢，我竟也大剌剌地坐吃十方，对占到的便宜怎能不高兴偷笑。

逢到风季，菜价便会大涨，还有一次过年，荠菜竟要二百元一斤。菜贵时，报上、电视上、公车上一片怨声。不知为什么，我自己硬是骂不出口，心里还是那句老话，嘿嘿，幸亏我非老农，否则番茄怎可不与玛瑙等价，小白菜也不必自卑而低于翡翠，茄子难道不比紫水晶漂亮吗？鲜嫩的甜玉米视同镶嵌整齐的珍珠也是可以的，新鲜的佛手瓜浅碧透明，佛教徒拿来供奉神明的，像琥珀一样美丽，该出多少价钱，你说吧——对这种荐给神明吃都不惭愧的果实！

把豇豆叫"翠蜻蜓"好不好？豌豆仁才是真正的美人"绿珠"，值得用一斛明珠来衡其身价，芥菜差不多是青菜世界里的神木，巍巍然一大堆，那样厚实的肌理，应该怎么估值呢？

胡萝卜如果是我种的，收成的那天，非开它一次"美展"不可，多浪漫多古典且又多写实的作品啊！鲜红翠绿的灯笼椒如果是我家采来的，不出一千块钱休想拿走，一个人如果看这样漂亮的灯笼椒也不感动于天恩人惠的话，恐怕也只好长夜凄凄，什么型款的灯笼也引渡他不得了。

塌棵菜是呈辐射状的祖母绿，牛蒡不妨看作长大长直的人参，山药像泥土中挖出的奇形怪状的岩石，却居然可吃。红菱角更好，是水族，由女孩子划着古典的小船去摘来的，那份独特的牛角形包装该算多少钱才公平？

南瓜这种东西去开美展都不够，应该为它举行一次魔术表演的，如何一颗小小的种子铺衍成梦，复又花开蒂落结成往往一个人竟抬不动的大瓜。南瓜是和西方灰姑娘童话并生的，中国神话里则有葫芦，一个人如果有权利把童话和神话装在菜篮里拎着走，付多少钱都不算过分吧？

释迦趺坐在莲花座上，但我们是凡人，我们坐在餐桌前享受莲的其他部分：我们吃藕吃莲子，或者喝荷叶粥，细嚼荷叶粉蒸肉，相较之下，不也是一份凡俗的权利吗？故事里的湘妃哭竹，韩湘子吹一管竹笛，我们却只管放心地吃竹笋，吃竹叶包的粽子。记得有一次请海外朋友吃饭，向他解释一道"冰糖米藕"的甜点说："这是用一种可以酿酒的米（糯米），塞在莲花根（藕）里做的，里面的糖呢，是一种长得像冰山一样的糖。"海外朋友依他们的习惯发出大声的惊叹，我居之不疑，因为那一番解释简直把我自己都惊动了。

这样看来，一节藕（记得，它的花是连菩萨也坐得的）应卖什么价呢？一斤笋（别忘了，它的茎如果凿上洞，变成笛子，是神仙也吹得的）该挂牌多少才公平呢？

所以说，还好，幸亏我不务农，否则，任何人走出菜场恐怕早已倾家荡产了。

二

世人应该庆幸，幸亏我不是上帝。

　　我是小心眼的人间女子，动不动就和人计较。我买东西要盘算，跟学生打分数要计到小数点以后再四舍五入，发现小孩不乖也不免要为打三下打两下而斟酌的，丈夫如果忘了该纪念的日子当然也要半天不理他以示薄惩。

　　如果让这样的人膺任上帝，后果大概是很可虑的。

　　春天里，满山繁樱，却有人视而无睹，只顾打开一只汽水罐，我如果是上帝，准会大吼一声说：

　　"这样的人，也配有眼睛吗？"

　　这一来，十万个花季游客立时会瞎掉五万以上，第二天，盲校的校长不免为剧增的盲生急得不知如何是好。

　　所以说，幸亏我不是上帝。

　　闲来无事，我站在云头一望，有那么多五颜六色的工厂污水——流向浅碧的溪流，我传下旨意：

　　"这样糟蹋大地，让别人活不成了，我也要让他活不成。"

　　第二天，天使检点人数，一个小小的岛上居然死了好几万个跟"污水罪"有关的人。

　　有人电鱼，有人毒鱼，这种人，留着做什么，一起弄死算了。

　　其他在松林中不闻天籁的，留耳何为？抱着婴儿也不闻其乳香的，留鼻何用？从来没有帮助过人的双手双脚废了也并不可惜，从来没有为阳光和空气心生感激的人，我就停止他们五分钟"空气权"让他知道厉害。

所以说，还好，幸亏我不是上帝。

世间更有人不自珍惜，或烟酒相残，或服食迷幻药，或苟且自误，或郁郁无所事事，这样的人，留智慧何用？不如一律还原成白痴，如此一来不知世间还能剩几人有头脑？

我上任上帝后，不消半年，停阳光者有之，停水、停空气者有之，而且有人缺手，有人断足，整个世界都被罚得残缺了。而人性丑陋依旧，愚鲁依旧。

让河流流经好人和坏人的门庭，这是上帝。让阳光爱抚好人和坏人的肩膀，这是上帝。不管是好人坏人，地心吸力同样将他们仁慈地留在大地上，这才是上帝的风格，并且不管世人多么迟钝蒙昧，春花秋月和朝霞夕彩会永远不知疲倦地挥霍下去，这才是上帝。

是由于那种包容和等待，那种无所不在的覆罩和承载，以及仁慈到溺爱程度的疼惜，我才安然拥有我此刻所拥有的一切。

所有的人都该庆幸——幸亏自己不是上帝。

春日二则

美丽的计时单位

> 唐宫中，以女工揆日之长短，冬至后，日晷渐长，比常日增一线之工。
>
> ——《唐杂录》

> 何人却忆穷愁日，日日愁随一线长。
>
> ——杜甫《至日遣兴》

如果要计算白昼，以什么为单位呢？如果我们以"水银柱上升一毫米"来计大气压，以"四摄氏度时一立方分米"纯水之重为一公斤来计重量，那么，拿什么来数算光耀如银的白昼呢?

唐代宫中的女子曾发明了一个方法,她们用线来数算。冬至以后,白昼一天比一天长,做女红的女子便每日多加一根线。

想花腾日暄之际,多少素手对着永昼而怔怔,每扎下一针脚,都是无亿量劫中的一个刹那啊!每悠然一引线,岂不也是生生世世情长意牵中的一段完成吗?长安城里的丽人绣罢蜡梅绣牡丹,直绣到"一一风荷举"。山乡水郭的妇人或工于织缣或工于织素,直织到"经冬复历春"。中国的女子把一缕缕柔长的丝线来作为量度白昼的单位,多美丽的计时单位啊!

中国的男人也有类似的痴心,歌谣里男子急急地唱道:

"拴住太阳好干活啊!"

唱歌的人想必是看着未插完的秧田或割不完的大麦而急得不讲理起来的吧?疯狂的庄稼汉竟是蛮不知累的,累倒的反是太阳,它竟想先收工了。拴住它啊!别让那偷懒的小坏蛋跑了。但是拴太阳要拿什么来拴呢?总不是闺阁中的绣线吧。想来该是牵牛的粗绳了。

想迟迟春日,或陌上或栏畔,多少中国女子的手用一根根日渐加多的线系住明亮的昼光,多少男子的手用长绳甩套西天的沉红，套住系住以后干什么？也没有干什么，纯朴的人并无意再耽溺一番"如花美眷，似水流年"的自怜自惜，他们只是简单地想再多做一点工作，再留下一点点痕迹。

至于我呢，我是一个喜欢单位的女子——没有单位，数学就不存在了，我愿以脚为单位去丈量茫茫大地（《说文》：六尺为步，步百为亩。秦改二百四十步为亩），我愿以手为单位去计度咫尺天涯（《说文》：咫八寸，尺十寸。咫，指中等身高妇人之手长），我也愿以一截一截的丝线去数算明亮的春昼，原来数学上的单位也可以是这样美丽的。

留憾的是：不知愁山以何物计其净重，恨海以何器量其容积，江南垂柳绿的程度如何刻表，洛阳牡丹浓红的数据如何书明。欲望有其标高吗？绝情有其硬度吗？酒可以计其酒精比，但愁醉呢？灼伤在皮肤医学上可以分度，但悲烈呢？地震有级，而一颗心所受的摧折呢？唉！数学毕竟有所不及啊！

何谓春天？

那故事是真的，爸爸说给我听的。

那时候，抗日战争已经打起来了，政府迁到汉口，是一九三八年左右吧？蒋先生在南岳衡山召开一个大会，讨论许多事情，其中军医署也来了，会上决定令军医署的人立刻着手准备明年春季的医疗。

会后，公文一层层转下去，不知怎的，竟转到一位死心眼的朋友手上，他反问了一句：

"春天？请问何谓春天？"

问得好！他的主管一时也愣住了，的确，如果连春天都解释不出来，又怎能克日计时完成春季医疗准备？于是一纸公文，带着这不知该算正经还是该算逗趣的问句，一关关旅行，公文直走了七关，终于收集了许多学者专家的"春天之定义"，其中劳动了"军政部""军委会""国民政府""科学研究院"等一个个正襟危坐的机关，得到如下不同的答案：

解释之一说：应该指阴历正、二、三月。

解释之二说：应该从立春日算起。

解释之三说：应指阳历一、二、三月。

解释之四说：应指阳历二、三、四月。

解释之五说：从天文学上行星位置来看。

解释之六说：从地理学上平均温度来看。

解释之七说：应该可以参照西洋对于 spring 的说法。

……

那事后来不知如何了结的，想想，原来公文往返之际也有如此动人的事。遥想那时我尚未出生，战争正进行，血流正殷，五岳正枯坐相望，南岳衡山的一番风云盛会之后竟惹出了这么淡淡的一句反问，算来，也该是万里烽烟中的一纶琴音，在四方杀伐声中的一句柔美的唠叨。

然而，对始于犹豫而终于逃遁的春天该如何定义？我一直还没有找到。

想要道谢的时刻

　　研究室里，我正伏案赶一篇稿子，为了抢救桃园山上一栋"仿唐式"木造建筑。自己想想也好笑，怎么到了这个年纪，拖儿带女过日子，每天柴米油盐烦心，却还是一碰到事情就心热如火呢？

　　正赶着稿，眼角余风却看到玻璃垫上有些小黑点在移动，我想，难道是蚂蚁吗？咦，不止一只哩，我停了笔，凝目去看，奇怪，又没有了，等我写稿，它们又来了。我干脆放下笔，想知道这神出鬼没的蚂蚁究竟是怎么回事。

　　终于让我等到那黑点了，把它们看清楚后我忍不住笑了起来，它们哪里是蚂蚁，简直天差地远，它们是鸟哩——不是鸟的实体，是鸟映在玻璃上的倒影。

于是我站起来，到窗口去看天，天空里有八九只纯黑色的鸟在回旋疾飞，因为飞得极高，所以只剩一个小点，但仍然看得出来有分叉式的尾巴，是乌鸫吗，还是小雨燕？

几天来因为不知道那栋屋子救不救得了，心里不免忧急伤恻，但此刻，却为这美丽的因缘而感谢得想顶礼膜拜，心情也忽然开朗起来。想想世上有几人能幸福如我，五月的研究室，一下子花香入窗，一下子清风穿户，时不时地我还要起身"送客"，所谓"客"，是一些笨头笨脑的蜻蜓，老是一不小心就误入人境，在我的元杂剧和明清小品文藏书之间横冲直撞，我总得小心翼翼地把它们送回窗外去。

而今天，撞进来的却是高空上的鸟影，能在映着鸟影的玻璃垫上写文章，是李白杜甫和苏东坡全然想象不出的佳趣哩！

也许美丽的不是鸟，也许甚至美丽的不是这繁锦般的五月，美丽的是高空鸟影偏偏投入玻璃垫上的缘会。因为鸟常有，五月常有，玻璃垫也常有，唯独五月鸟翼掠过玻璃垫上晴云的事少有，是连创意设计也设计不来的。于是转想我能生为此时此地之人，为此事此情而忧心，则这份烦苦也是了不得的机缘。文王周公没有资格为桃园神社担心，为它担心疾呼是我和我的朋友才有的权利，所以，连这烦虑也可算是一场美丽的缘法了。为今天早晨这不曾努力就获得的奇遇，为这不必要求就拥有的佳趣（虽然只不过是来了又去了的玻璃垫上的黑点），为那可以对自己安心一笑的体悟，我郑重万分地想向大化道一声"谢谢"。

一抹绿

照说，喝盖碗茶只该小小揭一道缝，把嘴凑上去吸啜，仿佛小儿女偷看情书，看一行掩一行，深恐为别人窥去似的。喝盖碗茶的人也是如此喝一口，盖起，再揭缝，再喝一口……好东西是不该一下消受尽的。

但茶一端上来我便忍不住，竟把杯盖全揭了，我等不及要先看看今年春茶长成什么样子，小小的叶子，沉沉的绿，茶绿不同于嫩绿，但也不是老绿，老绿太肥厚痴重，茶的绿却是一笔始于新绿的未定稿，是遇到水就能重新漾荡出秘密来的宝藏图，是古代翠玉的深浅有致，而现在它们一一站在杯子里……

都说"喝"茶，其实，嗅茶和观茶也是了不起的享受。

而一个人坐在茶盏前要喝的，哪里是茶？岂不是忙里挪出的一霎空白，是由今春细叶收拢来的记忆（由青山白雾共同酿成的），面对翠烟袅升的杯子，杯内盛放的是一九八五的春天啊！怎能不战栗珍惜呢？

"这茶有名字吗？"

"有，叫文山包种。"

真是老老实实的名字，记得在香港时，有位女友巴巴地跑到四川去买一种叫"文君绿茶"的茶给我喝，我却嫌它烟煳气重，那么难喝的茶都有个好名字，这么好的怎能没有？

"叫'一抹绿'好吗？"我说。

抬眼望去，窗外翠色的山凝定如案上常设的经典，而山脚下鲜碧的涧水却活泼变化如山的白话翻译，我一时也搞不清楚自己是在为山描容、为水写真，抑或为茶命名，乃至于为自己的心情题款了。

林中杂想

1

我躺在树林子里看《水浒传》。

事情是这样开始的，暑假前，我答应学生"带队"，所谓"带队"，是指带"医疗服务队"到四湖乡去。起先倒还好，后来就渐渐不怎么好了。原来队上出了一位"学术气氛"极浓的副队长，他最先要我们读胡台丽的《媳妇入门》，这倒罢了，不料他接着又一口气指定我们读杨懋春的《乡村社会学》、吴湘相的《晏阳初传》、苏兆堂翻译的《小龙村》等等。这些书加起来怕不有一尺高，这家伙也太烦人了，这样下去，我们医学院的同学都有成为人类学家和社会学家的危险。

奇怪的是口里虽嘟嘟囔囔地抱怨，心里却也动心，甚至下决心要去看一本早就想看的萨孟武的《水浒传与中国社会》。问题是要看这本书就该把《水浒传》从头再看一遍。当时就把这本厚厚的章回塞进行囊，一路同去四湖。

而此时，我正躺在林子里看《水浒传》，林子是一片木麻黄，有几分像好汉出没的黑松林，这里没有好汉，奇怪的是倒有一批各自说着乡音的退伍军人（在这遍地说着海口腔的台西地带，哪来的老兵呢？），正横七竖八地躺在石凳上纳凉，我睡的则是一张舒服的折床，是刚才一个妇人让给我的，她说：

"喂，我要回家吃饭了，小姐，你帮我睡好这张床。"

咦，世间竟有如此好事，我当时把内含巨款的皮包拿来当枕头（所谓"巨款"，其实也只有五千元，我一向不爱多带钱，这一次例外，因为自觉是"领队老师"，说不定队上有"不时之需"），舒舒服服躺下，看我的《水浒传》，当时我也刚吃过午饭，太阳正当头，但经密密的木麻黄一过滤，整个林子阴阴凉凉的，像一碗柠檬果冻。

我正看到二十八回，武松被刺配二千里外的孟州，路上其实他尽有机会逃跑，他却宁可把松下的枷重新戴上，把封皮贴上，一步步自投孟州而来。

2

一路看下去，不能不叫痛快，武松那人容易让人记得的是景阳冈打虎的那一段。现在自己人大了，回头看那一段，倒也不觉可贵，他当时打虎，其实也是非打不可，不打就被虎吃，所以就打了，此外看不出他有什么高贵动机，只能证明，他是天生的拳击好手罢了。倒是二十八回里做了囚徒的武松，处处透出洒脱的英雄骨气。

初到配军，照例须打一百杀威棒，武松既不去送人情，也不肯求饶，只大声大气说：

> 都不要你众人闹动。要打便打！我若是躲闪一棒的，不是打虎好汉！从先打过的都不算，重新再打起！我若叫一声，便不是阳谷县为事的好男子！

两边看的人都笑道："这痴汉弄死！且看他如何熬——"
武松不肯折了好汉的名，仍然嚷道：

要打便打毒些，不要人情棒儿，打我不快活！

不想事情有了转机，管营想替他开脱，故意说：

新到囚徒武松，你路上途中曾害甚病来？

武松不领情，反而犟嘴。

"我于路不曾害病！酒也吃得，饭也吃得，肉也吃得，路也走得！"管营道："这厮是途中得病到这里，我看他面皮才好，且寄下他这顿杀威棒。"两边行仗的军汉低低对武松道："你快说病。这是相公将就你，你快只推曾害便了。"武松道："不曾害！不曾害！打了倒干净！我不要留这一顿'寄库棒'！寄下倒是钩肠债，几时得了！"两边看的人都笑。管营也笑道："想你这汉子多管害热病了，不曾得汗，故出狂言。不要听他，且把去禁在单身房里。"

及至关进牢房，其他囚徒看他未吃杀威棒，反替他担忧起来，告诉他此事绝非好意，想必是使诈，想置他于死，还活灵活现地形容"塞七窍"的死法叫"盆吊",用黄沙压则叫作"大布袋"。不料武松听了,最有兴趣的居然是想知道除了此两法以外,还有没有第三种,他说:

还有什么法度害我?

当下,管营送来美食。

武松寻思道:"敢是把这些点心与我吃了却来对付我?……我且落得吃了,却再理会!"武松把那坛酒来一饮而尽,把肉和面都吃尽了。

武松那一饮一食真是潇洒!人到把富贵等闲看,生死不萦怀之际,并且由于自信,相信命运也站在自己这一边时,才能有这种不在乎的境界,才能耍这种高级的天地也奈何他不得的无赖。吃完了,他冷笑一声:

看他怎地来对付我!

等正式晚饭送来,他虽怀疑是"最后的晚餐",还是吃了。

饭后又有人提热水来，他虽怀疑对方会趁他洗澡时下毒手，仍然不在乎，说：

我也不怕他！且落得洗一洗。

这几段，真的越看越喜，高兴起来，便翻身拿笔画上要点，加上眉批，恨不得拍掌大笑，觉得自己也是黑松林里的好汉一条，大可天不怕地不怕地过它一辈子。

3

回想起前天随队来四湖的季医生跟我说的一段话，她说：

"你看看，这些小朋友，他们问我，目前群体医疗的政策虽不错，但是将来卫生主管部门总要换人的呀，换了人，政策不同，怎么办？"

两人说着不禁摇头叹气，我们其实不怕卫生主管部门的政策不政策，我们怕的是这才二十岁左右的年轻人，为什么先自把初生之犊的锐气给弄得没有了？

是因为一直是好孩子吗？是因为觉得一切东西都应该准

备好，布置好，而且，欢迎的音乐已奏响，你才顺利地踏在夹道花香中起步吗？唐三藏之取经，岂不是"向万里无寸草处行脚"？盘古开天辟地之际，混沌一片，哪里有天地？天是由他的头颅顶高的，地是由他踏脚处来踩实踩平的，为什么这一代的年轻人，特别是年轻人中最优秀的那一批，却偏偏希望像古代的新媳妇，一路由别人抬花轿，抬到婆家。在婆家，有一个姓氏在等她，有一个丈夫在等她，有一碗饭供她吃——其实，天晓得，这种日子会好过吗？

武松算不得英雄算不得豪杰，只不过一介草莽武夫，这一代的人却连这点草莽气象也没有了吗？什么时候我们才不会听到"饱学之士"的"无知之言"道：

"我没办法回国呀，我学的东西太尖端，国内没有我吃饭的地方呀！"

孙中山革命的时候，是因为有个"中华民国筹备处"成立好了，并且聘他当主任委员，他才束装回国赴任的吗？曹雪芹是因为"国家文艺基金会"委托他着手撰写一部"当代最伟大的小说"，才动笔写下《红楼梦》第一回的吗？

能不能不害怕不担忧呢？甚至是过了许多年回头一望的时候，才猛然想起来大叫一声说：

"哎呀，老天，我当时怎么都不知道害怕呢？"

把孔子所不屑的"三思而行"的踌躇让给老年人吧！年轻不就是有莽撞往前去的勇气吗？年轻就是手里握着大把岁月的筹码，那么，在命运的赌局里做乾坤一掷的时候，虽不一定赢，气势上总该能壮阔吧？

4

前些日子，不知谁在服务队住宿营地的门口播放一首歌，那歌因为是早晨和中午的代用起床号，所以每天都要听上几遍，其实那首歌唱得极有味道，沙嘎中自有其抗颜欲辩的率真，只是走来走去刷牙洗澡都要听他再三重复那无奈的郁愤，心里的感觉有点奇怪：

> 告诉我，世界不会变得太快，
> 告诉我，明天不会变得更坏，
> 告诉我，人类还没有绝望，
> 告诉我，上帝也不会疯狂，
> ……
> 这未来的未来，我等待

……

听久了，心里竟有些怆然，为什么只等待别人来"告诉我"呢？一颗恭谨聆受的心并没有"错"，但，那么年轻的嗓音，那强盛的肺活量，总可以做些什么可以比"等待别人告诉我"更多的事吧？少年振衣，岂不可作千里风幡看？少年瞬目，亦可壮作万古清流想。如此风华，如此岁月，为什么等在那里，为什么等人家来"告诉我"呢？

为什么不是我去"告诉人"呢？去啊！去昭告天下，悬崖上的红心杜鹃不会等人告诉它春天来了，才着手筹备开花，它自己开了花，并且用花的旗语告诉远山近岭，春天已经来了。明灿逼人的木星，何尝接受过谁的手谕才长倾其万斛光华？小小一只绿绣眼，也不用谁来告诉它清晨的美学，它把翠羽的身子浓缩为一撇"美的据点"。万物之中，无论尊卑，不都各有其美丽的讯息要告诉别人吗？

有一首英文的长歌，名字叫 *To tell the untold*，那名字我一看就入迷，是啊，"去告诉那些不曾被告知的人"，真的，仲尼仆仆风尘，在陌生的渡口，向不友善的路人问津，为的是什么？为的岂不是去告诉那些不曾被告知的人吗？达摩一苇渡江，也无非圣人同样的一点初衷。而你我十几年乃至几十年孜孜于知识的殿堂，为的又是什么？难道不是要得到更真切的道和理，以便告诉后人吗？我们认真，其实也只为了让自己告诉别人的话更诚恳更扎实而足以掷地有声（无根的人即使在说真话的时候也类似谎言——因为单薄不实在）！

那唱歌的人"等待别人来告诉我"并不是错误，但能"去告诉别人"岂不更好？去告诉世人，我们的眼波未枯，我们的心仍在奔驰。去告诉世人，有我在，就不准尊严被抹杀、生命被冷落，告诉他们，这世界仍是一个允许梦想、允许希望的地方。告诉他们，这是一个可以栽下树苗也可以期待清荫的土地。

5

回家吃饭的妇人回来了，我把床还她，学生还在不远处的海清宫睡午觉，我站起身来去四面乱逛。想想这世界真好，海边苦热的地方居然有一片木麻黄，木麻黄林下刚好有一张床等我去躺，躺上去居然有千年前的施耐庵来为我讲故事，故事里的好汉又如此痛快可喜。想来一个人只要往前走，大概总会碰到一连串好事的，至于倒霉的事呢？那也总该碰上一些才公平吧？可是事是死的，人是活的，就算碰到倒霉事，总奈何我不得呀！

想想年轻是多么好，因为一切可以发生，也可以消弭，因为可以行可以止可以歌可以哭，那么还有什么可担心的呢？

真的，还有什么可担心的呢？

谁敢？

那句话，我是在别人的帽徽上读到的，一时找不出好的翻译，就照英文写出来，用图钉按在研究室的绒布板上，那句话是：Who dares wins.

（勉强翻，也许可以说："谁敢，就赢！"）

读别人帽徽上的话，好像有点奇怪，我却觉得很好，我喜欢读白纸黑字的书，但更喜欢写在其他素材上的话。像铸在洗濯大铜盘上的"苟日新、日日新、又日新"，像清风过处，翻起文天祥的囚衣襟带上一行"孔曰成仁，孟曰取义……读圣贤书，所学何事……"，像古埃及的墓石上刻的"我的心，还没有安睡"。喜欢它们，是因为那里面有呼之欲出的故事。而这帽徽上的字亦自有其来历，它是英国二十二特种空勤部队

（简称 S.A.S.）的队标（如果不叫"队训"的话）。这个兵团很奇怪，专门负责不可能达到的任务。一九八〇年那年，他们在伦敦太子门营救被囚于伊朗大使馆里的人质。不到十五分钟，便制伏了恐怖分子，救出十九名人质。至今没有人看到这些英雄的面目，他们行动时一向戴着面套，他们的名字也不公布，他们是既没有名字也没有面目的人，世人只能知道他们所做的事情。

"Who dares wins."

这样的句子绣在帽徽上真是沸扬如法螺，响亮如号钹。而绣有这样一句话的帽子里面，其实藏有一颗头颅，一颗随时准备放弃的头颅。看来，那帽徽和那句话恐怕常是以鲜血为插图为附注的吧！

我说这些干什么？

我要说的是任何行业里都可以有英雄。没有名字，没有面目，但却是英雄。那几个字钉在研究室的绒布板上，好些年了，当时用双钩钩出来的字迹早模糊了，但我偶然驻笔凝视之际，仍然气血涌动，胸臆间鼓荡起五岳风雷。

医者是以众生的肉身为志业的，而"肉身"在故事里则每是几生几世修炼的因缘，是福慧之所凝聚，是悲智之所交集，一个人既以众生的肉身为务，多少也该是大英雄大豪杰吧？

45

　　我所以答应去四湖领队，无非是想和英雄同行啊！"谁敢，就赢！"医学院里的行者应该是勇敢的，无惧于课业上最大的难关，无惧于漫漫长途间的困顿颠簸，勇于在砾土上生根，敢于把自己豁向茫茫大荒。在英雄式微的时代，我渴望一见以长剑辟开榛莽，一骑遍走天下的人。四湖归来，我知道昔日山中的一小注流泉已壮为今日的波澜，但观潮的人总希望看到一波复一波的浪头，腾空扑下，在别人或见或不见之处，为岩岬开出雪白的花阵。但后面的浪头呢，会及时开拔到疆场上来吗？

　　谁敢，就赢。

　　敢于构思，敢于投身，敢于自期自许，并且敢于无闻。

　　敢于投掷生命的，如 S.A.S. 会赢得一番漂亮的战果。敢于深植生命如一粒麦种的"医学人"，会发芽窜出，赢得更丰盈饱满的生命。有人敢吗？

只因为年轻啊

一 爱——恨

小说课上，正讲着小说，我停下来发问：

"爱的反面是什么？"

"恨！"

大约因为对答案很有把握，他们回答得很快而且大声，神情明亮愉悦，此刻如果教室外面走过一个不懂中国话的老外，随他猜一百次也猜不出他们唱歌般快乐的声音竟在说一个"恨"字。

我环顾教室，心里浩叹，只因为年轻啊，只因为年轻啊，我放下书，说：

"这样说吧，譬如说你现在正谈恋爱，然后呢？就分手了，过了五十年，你七十岁了，有一天，黄昏散步，冤家路窄，你们又碰到一起了，这时候，对方定定地看着你，说：

"'×××，我恨你！'

"如果情节是这样的，那么，你应该庆幸，居然被别人痛恨了半个世纪，恨也是一种很容易疲倦的情感，要有人恨你五十年也不简单，怕就怕在当时你走过去说：

"'×××，还认得我吗？'

"对方愣愣地呆望着你说：

"'啊，有点面熟，你贵姓？'"

全班学生都笑起来，大概想象中那场面太滑稽太尴尬吧？

"所以说，爱的反面不是恨，是漠然。"

笑罢的学生能听得进结论吗？——只因为太年轻啊，爱和恨是那么容易说得清楚的一个字吗？

二 受创

来采访的学生在客厅沙发上坐成一排，其中一个发问道：

"读你的作品,发现你的情感很细致,并且总是在关怀,但是关怀就容易受伤,对不对?那怎么办呢?"

我看了她一眼,多年轻的额,多年轻的颊啊,有些问题,如果要问,就该去问岁月,问我,我能回答什么呢?但她的明眸定定地望着我,我忽然笑了起来,几乎有点促狭的口气:

"受伤,这种事是有的——但是你要保持一个完完整整不受伤的自己做什么用呢?你非要把你自己保卫得好好的不可吗?"

她惊讶地望着我,一时也答不上话。

人生世上,一颗心从擦伤、灼伤、冻伤、撞伤、压伤、扭伤,乃至内伤,哪能一点伤害都不受呢?如果关怀和爱就必须包括受伤,那么就不要完整,只要撕裂,基督不同于世人的,岂不正在那双钉痕宛在的受伤手掌吗?

小女孩啊,只因年轻,只因一身光灿晶润的肌肤太完整,你就舍不得碰撞就害怕受创吗!

三 经济学的旁听生

"什么是经济学呢?"他站在讲台上,金丝边眼镜,灰西装，声音平静，典型的中年学者。

台下坐的是大学一年级的学生，而我，是置身在这二百人大教室里偷偷旁听的一个。

从一开学我就昂奋起来，因为在课表上看见要开一门"社会科学概论"的课程，包括四位教授来设"政治""法律""经济""人类学"四个讲座。想起可以重新做学生，去听一门门对我而言崭新的知识，那份喜悦真是掩不住藏不严，一个人坐在研究室里都忍不住要轻轻笑起来。

"经济学就是把'有限资源'做'最适当的安排'，以得到'最好的效果'。"

台下的学生沙沙地抄着笔记。

"经济学为什么发生呢？因为资源'稀少'，不单物质'稀少'，时间也'稀少'，而'稀少'又是为什么？因为，相对于'欲望'，一切就显得'稀少'了……"

原来是想在四门课里跳过经济学不听的，因为觉得讨论物质的东西大概无甚可观，没想到一走进教室来竟听到这一番解释。

"你以为什么是经济学呢？一个学生要考试，时间不够了，书该怎么念，这就叫经济学啊！"

我愣在那里反复想着他那句"为什么有经济学——因为

稀少——为什么稀少，因为欲望"而麻颤惊动，如同山间顽崖愚壁偶闻大师说法，不免震动到石骨土髓格格作响的程度。原来整场生命也可作经济学来看，生命也是如此短小稀少啊！而人的不幸却在于那颗永远渴切不止的有所索求、有所跃动、有所未足的心，为什么是这样的呢？为什么竟是这样的呢？我痴坐着，任泪下如麻不敢去动它，不敢让身旁年轻的助教看到，不敢让大一年轻的孩子看到。奇怪，为什么他们都不流泪呢？只因为年轻吗？因年轻就看不出如果生命像戏，也只能像一场短短的独幕剧吗？"朝如青丝暮成雪"，乍起乍落的一朝一暮间又何尝真有少年与壮年之分？"急把盏，夜阑灯灭"，匆匆如赴一场喧哗夜宴的人生，又岂有早到晚到早走晚走的分别？然而他们不悲伤，他们在低头记笔记。听经济学听到哭起来，这话如果是别人讲给我听，我大概会大笑，笑人家的滥情，可是……

"所以，"经济学教授又说话了，"有位文学家卡莱亚这样形容：经济学是门'忧郁的科学'……"

我疑惑起来，这教授到底是因有心而前来说法的长者，还是以无心来度脱的异人？至于满堂的学生正襟危坐是因岁月尚早，早如揭衣初涉水的浅溪，所以才凝然无动吗？为什么五月山栀子的香馥里，独独旁听经济学的我为这被一语道

51

破的短促而多欲的一生而又惊又痛泪如雨下呢？

四　如果作者是花

"年年岁岁花相似，岁岁年年人不同。"

诗选的课上，我把句子写在黑板上，问学生：

"这句子写得好不好？"

"好！"

他们的声音听起来像真心的，大概在强说愁的年龄，很容易被这样工整、俏皮而又怅惘的句子所感动吧？

"这是诗句，写得比较文雅，其实有一首新疆民谣，意思也跟它差不多，却比较通俗，你们知道那歌词是怎么说的？"

他们反应灵敏，立刻争先恐后地叫出来：

太阳下山明早依旧爬上来，

花儿谢了明年还是一样地开。

美丽小鸟飞去不回头，

我的青春小鸟一样不回来，

我的青春小鸟一样不回来。

那性格活泼的干脆就唱起来了。

"这两种句子从感性上来说，都是好句子，但从逻辑上来看，却有不合理的地方——当然，文学表现不一定要合逻辑，但是我还是希望你们看得出来问题在哪里。"

他们面面相觑，又认真地反复念诵句子，却没有一个人答得上来。我等着他们，等满堂红润而聪明的脸，却终于放弃了，只因太年轻啊，有些悲凉是不容易觉察的。

"你知道为什么说'花相似'吗？是因为陌生，因为我们不懂花，正好像一百年前，我们中国是很少看到外国人，所以在我们看起来，他们全是一个样子，而现在呢，我们看多了，才知道洋人和洋人大有差别，就算都是美国人，有的人也有本领一眼看出住纽约、旧金山和南方小城之人的不同。我们看去年的花和今年的花一样，是因为我们不是花，不曾去认识花、体察花，如果我们不是人，是花，我们会说：

"'看啊，校园里每一年都有全新的新鲜人的面孔，可是我们花却一年老似一年了。'

"同样地，新疆歌谣里的小鸟虽一去不回，太阳和花其实也是一去不回的，太阳有知，太阳也要说：

"'我们今天早晨升起来的时候，已经比昨天疲软苍老了，

奇怪，人类却一代一代永远有年轻的面孔……'

"我们是人，所以感觉到人事的沧桑变化，其实，人世间何物没有生老病死，只因我们是人，说起话来就只能看到人的痛，你们猜，那句诗的作者如果是花，花会怎么写呢？"

"年年岁岁人相似，岁岁年年花不同。"他们齐声回答。

他们其实并不笨，不，他们甚至可以说很聪明，可是，刚才他们为什么全不懂呢？只因为年轻，只因为对宇宙间生命共有的枯荣代谢的悲伤有所不知啊！

五　高倍数显微镜

他是一个生物系的老教授，外国人，我认识他的时候他已经退休了。

"小时候，父亲是医生，他看病，我就站在他旁边，他说：'孩子，你过来，这是哪一块骨头？'我就立刻说出名字来……"

我喜欢听老年人说自己幼小时候的事，人到老年还不能忘的记忆，大约有点像太湖底下捞起的石头，是洗净尘泥后的硬瘦剔透，上面附着一生岁月所冲积洗刷出的浪痕。

这人大概注定要当生物学家的。

"少年时候，喜欢看显微镜，因为那里面有一片神奇隐秘的世界，但是看到最细微的地方就看不清楚了，心里不免想，赶快做出高倍数的新式显微镜吧，让我看得更清楚，让我对细枝末节了解得更透彻，这样，我就会对生命的原质明白得更多，我的疑难就会消失……"

"后来呢？"

"后来，果然显微镜愈做愈好，我们能看清楚的东西，愈来愈多，可是……"

"可是什么？"

"可是我并没有成为我自己所预期的'更明白生命真相的人'，糟糕的是比以前更不明白了，以前的显微倍数不够，有些东西根本没发现，所以不知道那里隐藏了另一段秘密，但现在，我看得愈细，知道得愈多，愈不明白了，原来在奥秘的后面还连着另一串奥秘……"

我看着他清癯渐消的颊和清灼明亮的眼睛，知道他是终于"认了"，半世纪以前，那意气风发的少年以为只要一架高倍数的显微镜，生命的秘密便迎刃可解，什么使他敢生出那番狂想呢？只因为年轻吧？只因为年轻吧？而退休后，在校园的行道树下看花开花谢的他终于低眉而笑，以近乎撒赖的口气说：

"没有办法啊，高倍数的显微镜也没有办法啊，在你想尽办法以为可以看到更多东西的时候，生命总还留下一段奥秘，是你想不通猜不透的……"

六　浪掷

开学的时候，我要他们把自己形容一下，因为我是他们的导师，想多知道他们一点。

大一的孩子，新从成功岭下来，从某一点上看来，也只像高四罢了，他们倒是很合作，一个一个把自己尽其所能地描述了一番。

等他们说完了，我忽然觉得惊讶不可置信，他们中间照我来看分成两类，有一类说"我从前爱玩，不太用功，从现在起，我想要好好读点书"，另一类说"我从前就只知道读书，从现在起我要好好参加些社团，或者去郊游"。

奇怪的是，两者都有轻微的追悔和遗憾。

我于是想起一段三十多年前的旧事，那时流行一首电影插曲（大约是叫《渔光曲》吧），阿姨舅舅都热心播唱，我虽小,听到"月儿弯弯照九州"觉得是可以同意的,却对其中另一句大为疑惑。

"舅舅,为什么要唱'小妹妹青春水里流(或"丢"?不记得了)'呢?"

"因为她是渔家女嘛,渔家女打鱼不能去上学,当然就浪费青春啦!"

我当时只知道自己心里立刻不服气起来,但因年纪太小,不会说理由,不知怎么吵,只好不说话,但心中那股不服倒也可怕,可以埋藏三十多年。

等读中学听到"春色恼人",又不死心地去问,春天这么好,为什么反而好到令人生恼,别人也答不上来,那讨厌的甚至眨眨狎邪的眼光,暗示春天给人的恼和"性"有关。但事情一定不是这样的,一定另有一个道理,那道理我隐约知道,却说不出来。

更大以后,读《浮士德》,那些埋藏许久的问句都汇拢过来,我隐隐知道那里有一番解释了。

年老的浮士德,面对满屋子自己做了一生的学问,在典籍册页的阴影中他乍乍瞥见窗外的四月,歌声传来,是庆祝复活节的喧哗队伍。那一霎间,他懊悔了,他觉得自己的一生都抛掷了,他以为只要再让他年轻一次,一切都会改观。

中国元杂剧里老旦上场照例都要说一句"花有重开日，人无再少年"（说得淡然而确定，也不知看戏的人惊不惊动），而浮士德却以灵魂押注，换来第二度的少年以及"因少年才可能拥有的种种可能"。可怜的浮士德，学究天人，却不知道生命是一桩太好的东西，好到你无论选择什么方式度过，都像是一种浪费。

生命有如一枚神话世界里的珍珠，出于沙砾，归于沙砾，晶光莹润的只是中间这一段短短的幻象啊！然而，使我们颠之倒之甘之苦之的不正是这短短的一段吗？珍珠和生命还有另一个类同之处，那就是你倾家荡产去买一粒珍珠是可以的，但反过来你要拿珍珠换衣换食却是荒谬的，就连镶成珠坠挂在美人胸前也是无奈的，无非使两者合作一场"慢动作的人老珠黄"罢了。珍珠只是它圆灿含彩的自己，你只能束手无策地看着它，你只能欢喜或喟然——因为你及时赶上了它出于沙砾且必然还原为沙砾之间的这一段灿然。

而浮士德不知道——或者执意不知道，他要的是另一次"可能"，像一个不知是由于技术不好或是运气不好的赌徒，总以为只要再让他玩一盘，他准能翻本。三十多年前想跟舅舅辩的一句话我现在终于懂得该怎么说了，打鱼的女子如果算是浪掷青春的话，挑柴的女子岂不也是吗？读书的名义虽好听，而令人眼目为之昏眩，脊骨为之佝偻，还不该算是青春的虚掷吗？此外，一场刻骨的爱情就不算烟云过眼吗？一番功名利禄就不算滚滚尘埃吗？不是啊，青春太好，好到你无论怎么过都觉浪掷，回头一看，都要生悔。

"春色恼人"那句话现在也懂了，世上的事最不怕的应该就是"兵来有将可挡，水来以土能掩"，只要有对策就不怕对方出招。怕就怕在一个人正小小心心地和现实生活斗阵，打成平手之际，忽然阵外冒出一个叫"宇宙大化"的对手，他斜里杀出一记叫"春天"的绝招，身为人类的我们真是措手不及。对着排山倒海而来的桃红柳绿，对着蚀骨的花香、夺魂的阳光，生命的豪奢绝艳怎能不令我们张皇无措，当此之际，真是不做什么既要懊悔——做了什么也要懊悔。春色之叫人气恼跺脚，就是气我们无招以对啊！

回头来想我导师班上的学生，聪明颖悟，却不免一半为自己的用功后悔，一半为自己的爱玩后悔——只因为年轻啊，只因太年轻啊！以为只要换一个方式，一切就扭转过来而无憾了。孩子们，不是啊，真的不是这样的！生命太完美，青春太完美，甚至连一场匆匆的春天都太完美，完美到像喜庆节日里一个孩子手上的气球，飞了会哭，破了会哭，就连一日日空瘪下去也是要令人哀哭的啊！

所以，年轻的孩子，连这个简单的道理你难道也看不出来吗？生命是一个大债主，我们怎么混都是他的积欠户，既然如此，干脆宽下心来，来个"债多不愁"吧！既然青春是一场"无论做什么都觉是浪掷"的憾意，何不反过来想想，那么，也几乎等于"无论诚恳地做了什么都不必言悔"，因为你或读书或玩，或作战，或打鱼，恰恰好就是另一个人叹气说他遗憾没做成的。

——然而，是这样的吗？不是这样的吗？在生命的面前我可以大发职业病做一个把别人都看作孩子的教师吗？抑或我仍然只是一个太年轻的蒙童，一个不信不服欲有辩而又语焉不详的蒙童呢？

星 约

一 上一次

是因为期待吗？整个天空竟变得介乎可信赖与不可信赖之间，而我，我介乎悟道的高僧与焦虑的狂徒之际。

七十六年才一次啊！

"运气特别不好！"男孩说，"两千年来，这次哈雷是最不亮的一次！上一次，嘿，上一次它的尾巴拖过半个天空哩！"男孩十七岁，七十六年后他九十三，下一次，下一次他有幸和他的孩子并肩看星吗，像我们此刻？

至于上一次，男孩，上一次你在哪里，我在哪里，我的母亲又复在哪里？连民国亦尚在胎动。飒爽的鉴湖女侠墓草已长，黄兴的手指尚完好，七十二烈士的头颅尚在担风挑雨的肩上寄存。血在腔中呼啸，剑在壁上狂吟，白衣少年策马行过漠漠大野。那一年，就是那一年啊，彗星当空挥洒，仿佛日月星辰全是定位的镂刻的字模，唯独它，是长空里一气呵成的行草。

那一年，上一次，我们不在，但一一知道。有如一场宴会，我们迟了，没赶上，却见茶气氤氲，席次犹温，一代仁人志士的呼吸如大风盘旋谷中，向我们招呼，我们来迟了，没有看到那一代的风华。但一九一〇我们是知道的，在武昌起义和黄花岗之前的那一年我们是感念而熟知的。

二　初识

还有，最初的那一次（其实怎能说是最初呢，只能说是最初的记载罢了，只能说是不甚认识的初识罢了），这美丽得使人惊惶的天象，正是以美丽的方块字记录的。在秦始皇的年代，"七年，彗星先出于东方，见北方……五月，见西方……"，秦代的资料，是以委婉的小篆体记录的吧？

而那时候，我们在哪里？易水既寒，群书成焚灰，博浪

沙的大椎打中副车，黄石老人在桥头等待一位肯为人拾鞋的
亢奋少年，伏生正急急地咽下满腹经书，以便将来有朝一日
再复缓缓吐出，万里长城开始一尺一尺垒高、垒远……忙乱
的年代啊，大悲伤亦复大奋发的岁月啊，而那时候，我们在
哪里？我们在哪里？

三 有所期

我们在今夜，以及今夜的期待里。以及，因期待而生的
焦灼里。

不要有所期有所待，这样，你便不会忧伤。

不要有所系有所思，否则，你便成不赦的囚徒。

不要企图攫取，妄想拥有，除非，你已预先洞悉人世的
虚空。

——然而，男孩啊，我们要听取这样的劝告吗？长途役
役，我们有如一只罗盘上的指针，因神秘的磁场牵引而不安
而颤抖而在每一步颠簸中敏感地寻找自己和整个天地的位置，
但世上的磁针有哪一根因这种种劫难而后悔而愿意自绝于磁
场的骚动呢？

四 咒诅

如果有人告诉我彗星是一场祸殃，我也是相信的。凡美丽的东西，总深具危险性，像生命。奇怪，离童年越远，我越是想起那只青蛙的童话：

有一个王子，不知为什么，受了魔法的诅咒，变成了青蛙。青蛙守在井底，他没有为这大悲痛哭泣，但他却听到了哭泣的声音，那一定来自小悲痛小凄怆吧？大痛是无泪的啊！谁哭呢？一个小女孩。为什么哭呢？为一只失落的球。幸福的小公主啊，他暗自叹息起来，她最响亮的号啕竟只为一只小球吗？于是他为她落井捡球。然后她依照契约做了他的朋友，她让青蛙在餐桌上有一席之地，她给了他关爱和友谊，于是青蛙恢复了王子之身。

——生命是一场受过巫法的大咒诅，注定朽腐，注定死亡，注定扭曲变形——然而我们活了下来，活得像一只井底青蛙，受制于窄窄的空间，受制于匆匆一夏的时间。而他等着，等一份关爱来破此魔法和咒诅。一瞬柔和的眼神已足以破解最凶恶的毒咒啊！

如果哈雷是祸殃，又有什么可悸可怖？我们的生命本身岂不是更大的祸殃吗？然而，然而我们不是一直相信生命是一场充满祝福的诅咒、一枚有着苦蒂的甜瓜、一条布满陷阱的坦途吗？

我不畏惧哈雷，以及它在传述中足以压住人的华灿和美丽。即使美如一场祸殃，我也不会因而畏惧它多于一场生命。

五　暂时

缸里的荷花谢尽，浮萍潜伏，十二月的屋顶寂然，男孩一手拿着电筒，一手拿着星象图，颈子上挂着望远镜。

"哈雷在哪里？"我问。

"你怎么这么'势利眼'，"男孩居然愤愤地教训起我来，"满天的星星哪一颗不漂亮，你为什么只肯看哈雷？"

淡淡的弦月下，阳台黢黑，男孩身高一米八四，我抬头看他，想起那首《日生日沉》的歌：

这就是我一手带大的小女孩吗？

这就是那玩游戏的小男孩吗？

是什么时候长大的呀——他们？

"看那颗天狼星，冬天的晚上就数它最亮，蓝汪汪的，对不对？它的光等是负一点四，你喜欢了，是不是？没有女人不喜欢天狼，它太像钻石了。"

我在黑夜中窃笑起来，男孩啊——

付这座公寓订金的时候，我曾惴惴然站在此处，揣想在这小小的舞台上，将有我人世怎样的演出？男孩啊，你在这屋子中成形，你在此听第一篇故事念第一首唐诗，而当年伫立痴想的时候，我从来不曾想到你会在此和我谈天狼星！

"蓝光的星是年轻的星，星光发红就老了。"男孩说。

星星也有生老病死啊？星星也有它的情劫和磨难啊？

"一颗流星。"男孩说。

我也看见了，它钢截利落，如钻石划过墨黑的玻璃。

"你许了愿？"

"许了。你呢？"

"没有。"

怎么解释呢？怎样把话说清楚呢？我仍有愿望，但重重愿望连我自己静坐以思的时候对着自己都说不清楚，又如何对着流星说呢？

"那是北极星——不过它担任北极星其实也是暂时的。"

"暂时？"

"对，等二十万年以后，就是大熊星来做北极星了，不过二十万年以后大熊星座的组合位置有点改变。"

暂时担任北极星二十万年？我了解自己每次面对星空的悲怆失措甚至微愠了，不公平啊，可是跟谁去争辩，跟谁去抗议？

"别的星星的组合形态也会变吗？"

"会，但是我们只谈那些亮的星，不亮的星通常就是远的星，我们就不管它们了。"

"什么叫亮的？"

"光度总要在一等左右，像猎户星座里最亮的，我们中国人叫它'参宿七'的那一颗，就是零点一等，织女星更亮，是零度。太阳最亮，是负二十六等……"

六　"光的单位"

奇怪啊，印度人以"克拉"计钻石，愈大的钻石克拉愈多，希腊人以"光等"计星亮，愈亮的星"光等"反而愈少，最后竟至于少成负数了。

"古希腊人为什么这么奇怪呢？为什么他们用这种方法来计算光呢？我觉得'光度'好像指'无我的程度'，'我执'愈少，光源愈透，'我'愈强，光愈暗。"

"没有那么复杂吧？只是希腊人就是这样计算的。"

我于是躺在木凳上发愣，希腊人真是不可思议，满天空都成了他们的故事布局，星空于他们竟是一整棚累累下垂的葡萄串，随时可摘可食，连每一粒葡萄晶莹的程度他们也都计算好了。

七　猎户在天

几年前的一个星夜。我们站在各种光等的星星下。

"猎户在天——"我说。

《诗经》的句子吧？"慕蓉问。

"怎么会，也不想想猎户星座是希腊名词啊！"

她大笑起来，她是被我的句型骗了，何况她是诗人，一向不讲理的，只是最后连我自己也恍惚起来，真的很像《诗经》里的句子呢!

　　我们有点在装迷糊吗? 为什么每看到好东西我们就把它故意误认为中国的?

　　猎户是一组美丽的星, 宽宏的肩, 长挺的腿, 巧饰的腰带和腰带下的腰刀, 旁边还有一只野兔呢! 然而, 这漂亮的猎者是谁呢? 是始终在奔驰在追索在欲求的世人吗? 不知道啊, 但他那样俊朗, 把一个形象从古希腊至今维系了三千年, 我不禁肃然。

　　"看到腰带下的小腰刀吗? 腰刀是三颗直排的星组成的, 中间的那一颗你用望远镜仔细看, 是一大团星云, 它距离我们只不过一千五百光年而已。"

　　"一千五百年! 是唐朝吗? "

　　"是南北朝。"

　　早于秾艳的李义山, 早于狂歌的李白、沉郁的杜甫以及凿破大地的隋炀帝。南北朝, 南北朝又复为何世呢? 对那一整个年代我所记得的只有北魏的石雕, 悠悠青石, 刻成了清明实在的眉目, 今夕的星光就是当年大匠举斧加石的年代出发的, 历劫的石像至今犹存其极具硬度的大悲悯, 历劫的星光则今夕始来赴我双目的天池。

　　猎户星座啊!

八 见与不见

我其实是要看哈雷的，但哈雷不现，我只看到云。我终于对云感到抱歉了——这是不公平的，我渴望哈雷是因它稍纵即逝，然而云呢？云又岂是永恒的？此云曾是彼水，彼水曾是泉曾是溪，曾是河曾是海，曾是花上晓露眼中横波，曾是禾田间的汗水，曾是化碧前的赤血，壮士沙场之际的一杯酒是它，赵州说法时的半杯茶也是它。然而，我竟以为云只是云，我竟以为今日之云同于昨日之云，云不也跟哈雷一样是周而复始吗，迂回往来的吗？

我不断地向自己解释，劝自己好好看一朵云，那其间亦有千古因缘，然而我依旧悲伤且不甘心，为什么这是一片灯网交织的城，且长年有着厚云层？为什么不让我今生今世看见一次哈雷！

"奇怪啊，神话只属于古代，至于我们的年代只有新闻，而且多是报道不实的，为什么？"

黑暗中男孩看我，叹了一口气，他半年前交了一篇历史课的读书报告，题目便是《中国神话的研究》，得分九十五。

曾经统御过所有的英雄和巨灵，辉耀了整个日月星辰的神话，此刻已老，并且沦为一个中学生的读书报告。

在一个接一个的冬夜里我怅叹跌足，并且生自己的气，气自己被渴望折磨，神话里的夸父就是渴死的，我要小心一点才行。所以悲伤时我总是想哈雷先生（哈雷彗星以他的名字来命名），以及他亦悲亦喜的一生，他在二十六岁那年惊见彗星，此后他用许多年来研究，相信彗星会在自己一百零二岁时再现。看过彗星以后他又活了一甲子，死于八十六岁，像一个放榜前殁世的考生，无从证实自己的成绩。那哈雷死时是怎样的呢，我猜他的心情正像一个孩子，打算在圣诞夜彻夜不眠，好看到圣诞老公公如何滑下烟囱，放下礼物。然而他困了，撑不住了，兴奋消失，他开始模糊了，心里却是不甘心的，嘴里说着半真半呓的叮咛：

"父亲，等下圣诞老人来的时候，一定要叫我喔！我要摸摸他的胡子！"

哈雷说的话想来也类似：

"造物啊，我熬不住了，我要睡了，你帮我看好，好吗？十六年后他会来的，我先睡，你到时候要叫我一声哟！"

生当清平昌大之盛世，结交一时之俊彦如牛顿，能于切磋琢磨中发天地之微，知宇宙之数，哈雷的平生际遇也算幸运了，然而，肉体的贮瓶终于要面临大朽坏的——并不因其间贮注的是大智慧而有异，只是大限来时，他是否有憾呢？

寒星如一片冰心的冬夜，我反复自问：

哈雷生平到底看到过彗星重现吗？若说是看见了，他事实上在星现前十六年已经死了，若说未见，他却是见的，正如围棋高手早在几小时以前预见胜负，一步步行去的每一着履痕他们都有如亲睹。

大军事家大政治家大科学家都是在不见处先见未明时先明的啊！

那么，我呢？我算不算看过那彗星的人呢？假设有盲者，站在凄凄长夜里，感知天空某一角落有灿然的光体如甩动的火把，算不算看到了呢？如果他倾耳辨听天河淙淙，如果他在安静中若闻哈雷的跳跃，像一只河畔的蚱蜢，蹦去又蹦回，他算不算看到了呢？而我，当我在金牛座昴星团中寻它，当我在白羊座和双鱼座中寻找它千百度思它千百度，我算不算看到它了呢？在无所视无所听无所触无所嗅的隔离中，我们可以仅仅凭信心念力去承认去体会身在云后的它吗？

九　我已践约

又一颗流星划过天空，天空割裂，但立刻拢合，造物的大诡秘仍然不得窥见。这不知名的星从此化为光尘，也许最后剩一小块陨石，落到地球上，被人捡起，放在陈列室里，像一部写坏了的爱情小说，光华消失，飞腾不见，只留下硬硬的纹理。

夜空有千亩神话万顷传奇，有流星表演的冰上芭蕾——万古乾坤只在此半秒钟演出。以此肉身、以此肉眼来面对他们，这种不公平的对决总使我心情大乱，悲喜无常。哈雷会来吗？原谅我的急躁，我和男孩有缘得窥七十六年一临的奇景吗？如果能，我为此感激，如果不能，让我感激朝朝来临的太阳，月月重圆的月亮，以及至七夕最皎然凄丽的织女，于冬夜亦能明艳照人的猎户。我已践约，今夜，以及此生，哈雷也没有失约，但云横雾亘，我不能表示异议。

如果我不曾谢恩，此刻，为茫茫大荒中一小块荷花缸旁的立脚位置，为犹明的双眸，为未熄的渴望，为身旁高大的教我看星的男孩，为能见到的以及未能见到的，为能拥有的以及不能拥有的，为悲为喜，为悟为不悟，为已度的和未度的岁月，我，正式致谢。

触　目

一　说故事的人

　　岩穴里，一个说故事的人。

　　其实只是一张照片，可是我被它慑住了。那是菲律宾南部的一个小岛，千瓣落花般的群岛中的一个，一九七一年偶然经人发现，上面竟住着石器时代的居民。这蒙昧无知的一小群人却也爱听故事。照片里一群人都坐在洞里，也许是晚上了，大家坐在木桩上，视线交集处就是那个说故事的人。他比别人坐得稍稍高一点，两手半举跟头部平，眼睛里有某种郁勃的热情，旁边的题字是：

——岩穴里，一个说故事的人——

使我一时僵住无法挪开视线的是什么呢？是因为那眼神啊！说故事的和听故事的都一样，他们的眼中都有敬畏、有恐惧、有悲悯、有焦痛、有无奈，一场小小的故事下来，几番沧桑几番情怯都一一演尽——笑泪两讫处，正是故事的终板。

某个远方的小岛，某个安适的岩窟，某个漫长的夏夜，那些石器时代的初民正为着某个故事痴迷。

而我呢？我既不因有故事要告诉人而痴，也不因想听别人的故事而痴——我是安静的游客，站在博物馆中，因说者和听者共同的痴狂而痴。

——岩穴里，一个说故事的人。

二　索债

"她一定愈来愈老，愈来愈伛偻愈卑微愈哀伤愈恨毒……"

那是前些年，我每想起她的时候的感觉，而近几年我不再这样想了，我想的是：

"她一定死了，不知道她是怎么死的？反正她一定是死了，临死的时候，她的表情是什么？她不再追究了吗？她至死不能闭眼吗？……"

我遇见她，约在十二年前。

那时我偶然在香港开会，一个绝早的冬日清晨，我因会开完了，心情很好，沿街漫行，顺手买了一份英文的《南华日报》。把报展开，她的号啕悲痛扑面而来，我被这张脸吓呆了，一时僵立路旁，觉得自己像一个急需什么法师来为我收惊的孩子。

那样悲惨凄苦无所告诉一张老脸，枯发蓬飞，两手扒心，五官扭曲如大地震之余的崩瘫变形，她放声的哭号破纸而出，把一条因绝早而尚未醒透的大街哭得痉挛起来。

她是谁？她碰到什么事，因何如此大恸？多年来中文系的教育有意无意之间让我同意了"温柔敦厚"，让我相信怨而不怒哀而不伤是比较好的境界，然而这老妇的一张脸却不是悠扬的钟磬或和鸣的弦柱，她是捣烂铜钟摔碎古琴的一声绝响，是观之令人恻肺闻之使人伤肝的大号啕，如乐器中的笙簧，尖拔逼人，无可问无可告，只这样直声一叫，便把天地鬼神都惊起。

因为英文不够好，所以看英文的时候我总是一个字一个字小心地看下去，如此字斟句酌结果往往反而比一眼扫过的中文更永志不忘。

那报上写的故事是这样的：

香港有个"索债会"，是一些在中日战争中的受害人发起的，年年向日本提出无助的要求，请他们补偿自己的损失。

那妇人是一个小贩，卖肉粽，在旺角火车站，战争时期她死了儿子，年年，她悲啼着要求还债。

我站在路边，一字一字读那对我而言艰涩难苦的语言，以及语言文字背后更为艰涩难苦的讯息。我来自学院，这样的事件如果送到研究所去，便是史学研究所里的一篇硕士或博士论文，题目我也知道，叫《中日战后东亚地区受害人民之仇日心态》。而且，为了客观，撰写论文的人很快会发表另外一篇，题目是《战后亚洲人民亲日心态之研究》，而一篇篇论文加起来，叠成厚厚的一本著作，那题目我料得到，叫《战后亚洲人民与日本关系之研究》。

学者有时有其大慈悲，却也每每因冷静而近乎残酷啊！此刻记者或因摄得这张杰作而蒙编辑嘉许，研究院中的院士正请助手剪辑资料归档，而谁肯陪伴那妇人一哭？谁去赔偿那妇人的儿子？谁去使天下后世历史不要再重演，不要再让另一个垂暮的妇人扒心扒肝地哭她死于战争的儿子？

我不能，我只能流泪走开。从此避免去旺角，必须去的时候，绝不走近火车站，而且低头回目，避免看到任何小贩，我怕碰到那老妇人。我可以面对历史课本上记载抗战史的累累伤亡数字，却不能面对一个死者的母亲，一个活生生的垂老无子的母亲。

仅仅是报摊上的一照面，她却恒在我心中，而且，像真的人一般，一日日衰老萎缩，后来的她不知怎么样了。其实她是没有"后来"的，索债会注定是索不到债的，所欠太多，让京都奈良的所有古寺诵经百年，让所有的松下、铃木、丰田等等财团尽输其财，也无法补偿一妇人的儿子啊！世间女子就算坏到身坠阿鼻地狱如唐人变文中的青提夫人，听到儿子目莲来了，也不免含泪叫一声："我的一寸肠娇子啊！"

世上的大债务，无论是大恩大仇都是报不成的啊！那在旺角卖粽的老妇人最后是否收泪吞声而终呢？裕仁天皇是还不起你的儿子的！所以他只能在御花园里徘徊，在红蕊翠叶间沉思，而终于成了一个昆虫专家。荒谬啊！几千万中国死者化为血海骨岳，上亿的中国生者哭成泪人盐柱，只为了一个名字，而那个名字如今优雅地活着，和昆虫联在一起。天皇啊，不要研究虫豸好吗？研究研究在你眼里比虫更卑微的中国人吧！

世上的事，果真能索能赔也就好了，然而不能啊！一生不能，累世也不能啊！那老妇终于被悲痛开释而去了吗？或是她仍在叨叨念念她失去的儿子呢？

那件事

　　我要怎样才能让你知道，我反对的不是你，而是你正在做的那件事——其实也不是完全反对那件事，只是因为那件事影响了我以及和我相类的世人，简单地说，只因那件事敢和生命相抗，我才抵死反对它。那件事我该同意，本来多少是美丽的，每看到火光微红，我原始的记忆就哗然醒来。我仿佛回到万年前，是在黄帝和仓颉之前，是草原或山腰的行路人。黄昏来时我正走到一窟一窟的洞穴口，有男人，带着新猎得的香獐，有女子，在洞口为小孩编发。西天的余焰渐渐烧尽，有人在洞口燃起一把火，有孩子就着火光坐下，而有人在火中烤肉，有人在火前轻轻地为心爱的人唱起一首歌。而我，这翻山越野而来的行路人，也在别人的篝火前抱膝坐下。夜渐渐凉了，我在火前看他们分炙，听那歌中拔起的高颤和直旋而下低沉婉转的伤悲。为一女子一掠长发的风姿而迷惑，为一飞蛾扑身而死的身姿而惊绝，为一老妇讲古的节奏而悠然忘身。那时，那时是万年前。

而你，你是万年后台北市公车上的一乘客，你是商场竞逐中的一跑将。就着一根火柴，或一个打火机，你点燃小小的纸烟，这火，我是认得的，人怎能拒绝这诱人的一握轻红啊！元宵节的花灯阵里，真正迷人的不仍是那一朵火苗吗？世运会里跋山涉水传递的不也是这一把与血液同色的光热吗？在用电力照明、用微波烹调的年代，我了解你急欲看到一星火光。我知道你不由自主想靠近篝火坐下的"历史乡愁"。我懂得，那支纸烟一旦在你手里，你就仿佛又是万年前那个在黄昏时带着香獐回家的得意猎人，愉快地拿着拨火棒，挑弄着黑夜里的烈焰，大声地讲着这一天的奇遇。

然而你不是那人了，你是一个今世不快乐的男人，既找不出事情可夸口甚至也找不到事情可抱怨的男人（太太一径那么人尽皆知地贤惠着，儿子那么认真读书，钱又偏偏居然够用），没有唱歌的兴头，且没有唉声叹气的权利。于是你回到古代的火堆旁，反身找寻那个万年前的自己，手里捏着三寸纸烟，这支溃不成军的拨火棒。

我仍是那万年前的行路人，今番和你在此相逢，在会议厅或公车上，望着你熏黄的手指，我悲伤地背过身去：

"怎么是这样的呢，怎么竟然是这样的呢？万年前的你是多么飞扬炫目，而今，你燃着的岂止是一截烟，你点燃的也是夹烟的手指，是承指的手掌以及连着手掌的手臂和身躯啊，你不再有山禽野味可烤，你只好烤炙你自己的肉罢了！"

我曾遇见一位戒了烟的男子，他说：

"知道我在烟瘾最大的时候一天要划几根火柴吗？一根。只用一根。一大早，擦一根，然后我就一根接一根地抽烟，不用再擦第二根火柴。"

如此凄苦的自焚啊！

他的手指细长，微微露出骨节，在不弹钢琴的时候，也恍然在寻找节拍。如同惯于临摹碑帖的人，在不自知的时候，也会比拟着一个字的肩架结构。那样的指头，如果抚笛吹笙，则不免为凤凰引渡飞升而去，如果执起指挥棒，则自能挟持江海驱驰鬼神。如果执笔作曲，则高山流水可移耳，层云飘风可荡胸。然而，没有，他轻轻抓起的，却是一截烟，每一截烟都像他的手指，苍白而细长，敏锐而不安。他把指节点燃，旋又捻熄，一个烟灰缸胀满一截截残躯，看起来像个烟火鼎盛的香炉，袅袅的烟雾中他既是信徒，也是神明，他在寂寞的殿堂里供奉着他自己。只是，他又显然是一个满心疑虑的不虔诚的信徒，他是"自己"这座神庙中的唯一信徒，却又竟是不甘不愿随时打算叛逆脱去的信徒。

他终于逐渐老去，那些属于手指该做的事全没有做出来，他咳嗽、点烟，烟灰缸里叠得更高，他的曲子仍然不曾写出来，烟的残骸断肢渐渐更像一个万人冢，出奇地高大悲惨，里面塞满一截截夭折的创作欲，不分手足头颈，每一截都是他剥落的自己。

对我而言，他是一个面目模糊的人。不，我不是指他的五官，他其实几乎有点清秀，至少也是五官分明，我说他面目模糊指的是他总仿佛坐在帘幕后面，像古时候垂帘听政的女子。

生活太惨烈，他决定做个不战而退的兵。奇怪的是他并不敢真的反身逃离，或宣布弃甲，连投降大概也是需要勇气的，他没有，他只小心地躲在最远的一个角落。他怕闹市，也怕荒野，他决定为自己织就一枚茧，可以安心地躲在里面终老。

如果是开会，他就坐在边陲地区，一副无所争无所求的样子，当然，也无所投入无所关怀。然后，像饿鹰攫食，他盘旋的目光停在一碟烟上，他渴切而优雅地拿了一支，划火，吞吐，像魔术师，他立刻退身到层峦叠嶂背后，千山飞岚，他成了青烟深处的隐者。会议进行，他不在那里，他举手，点头微笑，进退有节，然而，他早已不在那里。①

回到家，他也急于把轻纱帐张罗好，晚饭后他独自坐在家中最好的高背沙发椅上，前面是一张报纸，像一堵小型的万里长城。他感觉到全屋中都让孩子的打闹声占领了，他坚持拥有这一角孤堡，前有报纸为城堞，后有沙发作山峦，中间有他施放好的魔烟阵，他不要让人进来，他急需这份安全感。一头森林里的熊用利爪抓一棵棵大树的树皮，借以划定自己的势力范围。家狗在不同的电杆下留下自己的气味——气味所及的圈子使它安心。鸟能唱得多响亮就唱得多响亮，声波所及之处即是它的疆域。小孩的欲望比较小，只要一只大纸箱，他便拥有安身立命之所。甚至即使是隐者如五柳先

---

① 作者所写为当年开会陋习，正如现今开会有人提供咖啡饮料般，当年台湾会场上常常提供一盘香烟。

生，也须那并排五棵的苍翠柳树来提供一份藩篱的保障。然而身为一个都市中的男子，他只有喷烟吐雾，烟腾雾起处他是开疆辟壤的英雄，他占领了空间，他离尘绝俗，他不属于人世。但我每走过他都要忍住笑，远远地看他因烟雾而致模糊不清的脸，我心里喊着说："喂，老孩子，你的把戏玩够了没有？你躲在那里躲了半世了，不觉无聊吗？我承认这是一个不好受的世界，可是，你躲得了吗？"

他没有听到，他躲得太远了。

我并不真的恨抽烟族，他们的行为其实也和大部分人类的模式相近，错误发现得太晚，纵容得太久，以致养得太壮大，已经成了打不过且不忍去打的对手。

然而我恨烟，二手或一手都恨（不该拿来害人的其实也不该拿来害自己）。我恨它和癌症结盟，它不断夺去我们深爱的好友，多少孩子因此成孤儿，无数爱情因之而终板裂弦，任你绝世才华，到时也只成沉埋黄土。博大邃密的知识一时如泼地的美酒，再不能供人倾盏。至于由于不慎而烧掉的旅馆或森林则是悲惨之外的荒谬。

在冷战的年代死于战争的人远不及死在烟叶田里的人多吧？去年八月台湾地区"卫生署"所发表的死于肺癌的数字

是两千五百人①，平均每天要有七个人送到那往而不返的路。如果说观光事业是"没有烟囱的工业"，抽烟则使人变成"没有工业的烟囱"，甚至是"冒着毒气且自毁的烟囱"。一天死七个，其实是官方的资料，实际上消殒的人也许更多吧！

我们去哪里追回那些逝去的魂魄呢？我们找谁去索取那些悲痛的损失呢？而烟腾雾漫，从台湾南部的烟叶田，从世界另一端的烟草路。美国如果一定要卖什么给我们就卖冰冻的原橘汁好了，就卖甘醇的苹果汁好了，世上有卖毒品给人而卖得如此理直气壮的吗？

抽烟族，我并不真的恨你，我自信了解你的心情，我恨的是那将你绑架而令人莫赎的旧习，我向抽烟族哀求的东西其实很少，我要的是空气，只是空气，一点点原始纯洁的空气，不曾被毒化的空气，无致癌物的空气。而空气，本来不就是我的东西吗？我不过要求你们把我本来拥有的东西还给我罢了。

给鱼水，给鸟天空，给活人一口无污染的空气，我要求得太多了吗？

---

① 此处只取肺癌的资料，是因为肺癌和香烟的关系比较更为明显直接——并不指其他癌症与吸烟无关。资料标示男性死者 1811 人，女性死者 689 人，合计 2500 人。但不要忘记这只代表西医方面报上来的数字，中医手下的数字其实也不会太少。

你要做什么

1

咖啡初沸，她把自烘的蛋糕和着热腾腾的香气一起端出来，切成一片片，放在每个人的盘子里。

"说说看，"她轻声细气，与她一向女豪杰的气势大不一样，"如果可以选择，你想要做什么？"

（可恶！可恶！这种问题其实是问不得的，一问就等于要人掀底，好好的一个下午，好好的咖啡和蛋糕，好好伫立在长窗外的淡水河和观音山，怎么偏来问这种古怪问题！）

她调头看我，仿佛听到我心里的抱怨。

（好几个月以后，看到她日渐隆起的圆肚子，我原谅她了，怀抱一团生命的女人，总难免对设计命运有点兴趣。）

"我——一定得做人吗？"我嗫嚅起来。

"咦？"她惊奇地搅着咖啡，"好吧！不做人也行！那你要做什么？做小鸟吗？"

"老实说，"我赖皮，"'选择'这件事太可怕，'绝对自由'这件事我是经不起的，譬如说，光是性别，我就不会选——只这一件事就可以把我累死。"

我说完，便低下头去假装极专心地吃起蛋糕来。

然而，我是有点知道我要做什么的……

2

行经日本的寺庙，每每总会看到一棵小树，远看不真切，竟以为小树开满了白花。走近看，才知道是素色纸签，被人打了个结系在树枝上的。

有人来向我解释，说，因为抽到的签不够好，所以不想带回家去，姑且留在树上吧！

于是，每经一庙，我总专程停下来，凝神看那矮小披离的奇树，高寒地带的松杉以冰雪敷其绿颜，温带的花树云蒸霞蔚一副迷死人不偿命的意味，热带的果树垂实累累，圣诞树下则有祝福与礼物万千——然而世上竟有这样一株树，独独为别人承受他自己不欲承受的命运。

空廊上传来捶鼓的声音和击掌的声音，黄昏掩至，虔诚礼拜的人果然求得他所祈望的福禄吗？这世上抽得上上签的能有几人呢？而我，如果容我选择，我不要做"有求"的凡胎，我不要做"必应"的神明，钟鸣鼓应不必是我，缭绕花香不须是我，我只愿自己是那株小树，站在局外，容许别人在我的肩上卸下一颗悲伤和慌惴的心。容许他们把不祥的预言，打一个结，系在我的腕上，由我承当。

3

"遥怜故园菊，应傍战场开"，岑参诗中对化为火场灾域的长安城有着空茫而刺痛的低喟。但痛到极致，所思忆的竟不是人，不是瓦舍，甚至不是宫廷，而是年年秋日开得黄灿灿的一片野菊花。

我愿我是田塍或篱畔的野菊，在两军决垒时，我不是大将，不是兵卒，不是矛戈不是弓箭，不是鲜明的军容，更不是强硬动听的作战理由——我是那不胜不负的菊花，张望着满目的创痕和血迹，倾耳听人的呻吟和马的悲嘶，企图在被朔风所伤被泪潮所伤被令人思乡的明月所伤的眼睛里成为极温柔极明亮的一照面。在人世的惨凄里，让我是生者的开拔号，死者的定音鼓。

4

"黄帝之史仓颉见鸟兽蹄远之迹……初造书契"，我愿我是一枚梅花鹿或野山羊的蹄痕，清清楚楚地拓印在古代春天的原隰上，如同条理分明的版画，被偶然经过的仓颉看到。

那时是暮春吗？也许是初夏，林间众生的求偶期，小小的泥径间飞鸟经过，野鹿经过，花豹经过，蛇经过，忙碌的季节啊，空气里充满以声相求和以气相引的热闹，而我不曾参与那场奔逐，我是众生离去后留在大地上的痕迹。

而仓颉走来，傻傻的仓颉，喜欢东张西望的仓颉，眼光闪烁仿佛随时要来一场恶作剧的仓颉，他其实只是一个爱捣蛋的大男孩，但因本性憨厚，所以那番捣蛋的欲望总是被人一眼看破。

他急急走来，是为了贪看那只跳脱的野兔，还是迷上了画眉的短歌？但它们早就逃远了，他只看到我，一枚一枚的鸟兽行后的足印。年轻的仓颉啊，他的两颊因急走而红，他的高额正流下汗珠，他发现我了，那些直的、斜的、长的和短的线条以及那些点，那些圆。还有，他开始看到线与线之间的角度，点与点之际的距离。他的脸越发红起来，汗越发奔激，他懂了，他懂了，他忘了刚才一路追着的鹤踪兽迹，他大声狂呼，扑倒在地，他知道这简单的满地泥痕中有寻不尽的交错重叠和反复，可以组成这世上最美丽的文字，而当他再一次睁开不敢完全置信的眼睛，他惊喜地看到那些鹿的、马的、飞鸟的、猿猴的以及爬虫类的痕迹——而且，还更多，他看到刚才自己因激动而爬行的手痕与足印。

我愿我是那年春泥上生活过的众生的记录，我是圆我是方我是点我是线我是横我是直我是交叉我是平行我是蹄痕我是爪痕我是鳞痕我是深我是浅我是凝聚我是散。我是即使被一场春雨洗刷掉也平静不觉伤悲、被仓颉领悟模仿也不觉可喜的一枚留痕。

可爱的仓颉，他从痕迹学会了痕迹，他创造的字一代一代传下来，而所有的文字如今仍然是一行行痕迹，用以说明人世的种种情节。

我不做仓颉，我做那远古时代春天原野上使仓颉为之血脉偾张的一枚留痕。

5

日本有一则凄艳的鬼故事，叫《吉备津之釜》（取材自《牡丹灯》），据说有个薄幸的男子叫正太郎，气死了他的发妻，那妻子变成厉鬼来索命。有位法师可怜那人，为他画了符，贴在门上，要他七七四十九天不要出来，自然消灾，厉鬼在门外夜夜詈骂不绝，却不敢进来。及至四十八天已过，那男子因为久困小屋，委顿不堪，深夜隔户一望，只见满庭乍明，万物澄莹，他奋然跳出门去，却一把被厉鬼揪住，不是已满了四十九天吗？他临死还不平地愤愤，但他立刻懂了，原来黎明尚未到来，使他误以为天亮而大喜的，其实只是清清如水的月光！

读这样的故事，我总无法像道学家所预期地把"好人""坏人"分出来，《佛经》上爱写"善男子""善女人"，生活里却老是碰到"可笑的男子"和"可悲的女人"。连那个法师也是个可悯可叹的角色吧？人间注定的灾厄劫难岂是他一道悲慈的符咒所化解得了的？如此人世，如此爱罗恨网，吾谁与归？我既不要做那薄幸的男子，更无意做那衔恨复仇的女子，我不必做那徒劳的法师，那么我是谁呢？其实这件事对我而言，一点也不困难，在读故事的当时，我毅然迷上那片月光，清冷绝情，不涉一丝是非，倘诗人因而堕泪，胡笳因而动悲，美人因而失防，厉鬼因而逞凶，全都一概不关我事。我仍是中天的月色，千年万世，做一名天上的忠恳的出纳员，负责把太阳交来的光芒转到大地的账上，我不即不离，我无盈无缺，我不喜不悲，我只是一丸冷静的岩石，遥望着多事多情多欲多悔的人世。

世上写月光的诗很多，我却独钟十三世纪时日本明惠上人（1173—1232）所写的一首和歌。那诗简直不是诗，像孩童或白痴的一声半通不通的惊叹，如果直译起来，竟是这样的：

明亮明亮啊

明亮明亮明亮啊

明亮明亮啊

明亮啊明亮明亮

明亮明亮啊——月亮

别人写月光是因为说得巧妙善譬而感人，明惠的好处却在笨，笨到不会说了，只好愣愣地叫起来，而且赖皮，仿佛在说："不管啦，不管啦，说不清啦，反正很亮就对啦！你自己来看就知道。"

如果我真可选择，容许我是月，光澈绝艳使人误为白昼的月，明坦浩荡，使明惠为之痴愚而失去诗人能力的月。

6

小时候，听人说"烧窑的用破碗"，蒙蒙然不知道是什么意思。

渐渐长大才知道世间竟真是如此，用破碗的，还不只是窑户哩！完美的瓷，我是看过的，宋瓷的雅拙安详、明瓷的华丽斗艳都是古今不再一见的绝色了，然而导游小姐常冷静地转过头来，说：

"这样一件精品，一窑里也难得出一个啊，其他效果不好的就都打烂了！"

大概因为是官窑吧？所以惯于在美的要求上大胆越分，才敢如此狂妄地要求十全十美，才敢于和造化争功而不忌讳天谴。宫里的瓷器原来也是如此"一将功成万骨枯"啊！我每对着冷冷的玻璃，看那百分之百的无憾无瑕，不免微微惊怖起来，每一件精品背后，都隐隐堆着小冢一般的尖锐而悲伤的碎片啊！

而民间的陶瓷不是如此的，民间的容器不是案头清供，它总有一定的用途。一只花色不匀称的碗、一把烧出了小疙瘩的酒壶都仍然有其生存权，只因为能用。凡能用的就可以卖，凡能卖的就可以运到市场上去，每次窑门打开，一时间七手八脚，窑便忽然搬空了。窑大约是世上最懂得炎凉滋味的一位了，从极热闹极火炽到极寂寞极空无——成器的成器，成形的成形，剩下来的是陶匠和空窑，相对峙立，仿佛散戏后的戏子和舞台，彼此都疑幻疑真起来。

设想此时正在套车准备离去的陶瓷贩子忽然眼尖，叫了一声：

"哎！老王呀，这只碗歪得厉害呀，你自己留下吧！拿去卖可怎么卖呀，除非找个歪嘴的买主！"

那叫老王的陶匠接过碗来，果真是个歪碗哩！是拉坯的时候心里惦着老母的病而分了神吗？还是进窑的时候小幺儿在一边吵着要上学而失手碰撞了呢？反正是只无可挽回的坏碗了，没有买主的，留下来自己用吧！不用怎么办？难不成打破吗？好碗自有好碗的造化，只是歪碗也得有人用啊！

捏着一只歪碗的陶匠，面对着空空的冷窑，终于有了一点落实的证据——具体而微温，仿佛昨日的烈焰仍未褪尽。

在满窑成功完好的件头中，我是谁？我只愿意是那只瑕疵显然的歪碗啊！只因残陋，所以甘心守着故窑和故主，让每一个标价找到每一个买主，让每一种功能满足每一种市场，而我是眷眷然留下来的那一只，因为不值得标价而成为无价。

成年后读梅尧臣写瓦匠的诗：

陶尽门前土，屋上无片瓦。

十指不沾泥，鳞鳞居大厦。

张俞写蚕妇的诗也类似：

昨日到城郭，归来泪满巾。

遍身罗绮者，不是养蚕人。

原来世事多半如此吗？一国之中，最优秀的人才注定只供外销吧？守着年老父母的每每是那个憨愚老实的儿子。如果这是一个瓦匠买不起瓦的世界，英雄豪杰或能鼎革造势，而我不能，我只愿是低低的茅檐，为那老瓦匠遮蔽一冬风雪。如果蚕妇无法拥有罗绮，我且去做一袭黯淡发白的老布衣，贴近她愤愤不平的心胸。至于那把一窑的碗盘都卖掉的陶匠，我便是他朝夕不舍的歪碗，或喂水，或饮粥，或注酒，或服药，我是他造次颠沛中的相依。他或者知道，或者并不知道，或者感激，或者因物我归一也并不甚感激，我却因而庄严端贵，如同唐三藏大漠行脚时御赐的紫金盂。

7

很少有故事像《甘泽谣》中的"三生石上"那样美丽：

是春日的清晨吧？一妇人到荆江上峡汲水，她身着一件美丽的织锦裙，在一注流动的碧琉璃前面伫步。阳光烁金，她也为自己动人的倒影而微怔了，是因骀荡的春风吗？是因和暖的春泥吗？她一路行来几若古代的姜嫄，竟有着一脚踏下去便五内皆有感应的成孕感觉。她想着，为自己的荒唐念头而不安，当即一旋身微蹲下去，丰圆的瓦甕打散满眼琉璃，一霎间，华丽的裙子膨然胀起，使她像足月待产的妇人，陶瓮汲满了，她端然站直，裙子重又服帖地垂下，她回身急行的风姿华艳流铄，有如壁画上的飞天。

而那一切，看在一位叫圆观的老僧眼里，一生修持的他忽然心崩血啸，如中烈酒，但他的狂激却又与平静宁穆并起，仿佛他心中一时决堤，涌进了一大片海，那海有十尺巨浪，却也有千寻渊沉。他知道自己爱上这女子了，不，也许不是爱那不知名不知姓的女子，只是爱这样的人世，这样的春天，春天里这样的荆江上峡，江畔这样的殷勤如取经的汲水，以及负瓮者那一旋身时艳采四射的裙子。

"看到那汲水的妇人吗？"老僧转身向他年轻的友人说，"我要死了，她是我来世的母亲。"

圆观当夜就圆寂了，据说十二年后，他的友人在杭州天竺寺外看到一个唱着竹枝词的牧童，像圆观……

世间男子爱女子爱到极致便是愿意粉身立断的吧？是渴望舍身相就如白云之归岫如稻粒之投春泥的吧？老僧修持一世，如果允许他有愿，他也只想简简单单再投生为人，在一女子温暖的子宫中做一团小小的肉胎。是这样的春天使他想起母亲吗？世上的众神龛中最华美神圣的岂不就是容那一名小儿踞坐的子宫吗？

而我是谁呢？我不是那负瓮汲水的女子，我不是那修持一世的老僧，我只是那系在妇人腰上的长裙，与花香同气息、与水纹同旋律、与众生同繁复的一条织锦裙，我行过风行过大地，看过真情的泪急，见证前生后世的因缘——而我默无一言，我和那女子因一起待孕和待产而鲜艳美丽，我也在她揣着幼儿的手教他举步时逐渐黯然甘心地败旧了。我是目击者，我是不忘者，我恒愿自己是那串珠的线，而不是那明珠。

8

"你们想好了没有？"美丽的女主人把咖啡一饮而尽，"我想好了，如果要我选择，我要做一个会唱歌的人。"

而我笑笑，走开，假装去看窗外仰天的观音山，以及被含衔着的落日。我不能告诉她，她的性格里有种穷追不舍的蛮横，如果我告诉她，她一定会叫起来，追根究底地问道：

"为什么？为什么？为什么你不肯是人？为什么你在回避？人生的掷骰大赌场里你不下注吗？你既不做庄家，又不肯做赌双数或者单数的赌徒，你真的如此超然吗？"

因为知道她要这样问我，所以干脆不说，让她无从问起。

但逃不掉的，我自己终于这样问起自己来。然后，我发现我
对自己耐心地解释起来。

记得不久以前在香港教书，有一天去买了一幅手染的床
罩，是内地民间的趣味。我把它罩在床上，一个人发呆发痴
地看个不停。到了晚上该睡觉了，我竟不睡，在沙发上靠靠，
在桌边打个盹儿，也就混过去了，只因舍不得掀开床罩啊，
那么漂亮那么迷死人的东西啊！这样弄了一个礼拜，忽然读
到朋友蒋勋的文章，提到民间杨柳青的年画，年年都要换新
的，他的结论竟说连美也是不可沉陷不可耽溺的。我看了大
为佩服，见面的时候我说："真佩服你啊！能不耽美，我就做
不到！"他笑起来："老实说，我也做不到，你当我那些话是
说给谁听的？就是说给自己听的！"

我又猛然想起有一次看伯格曼的电影，其中一位小丑有
难，有人好心引述良言劝慰他，他哭笑不得，反讥了一句：

"朋友，你真幸福——因为你说的话，你自己都相信。"

原来，所有的话，都是说给自己听的——说给或相信或
不相信的自己听的——希望至少能让自己相信自己所说的话，
我之所以想做树，想做菊，想做一枚蹄痕，想做月，想做一
只残陋的碗，甚至是一条漠然不相干的裙子，不是因我生性
超然，相反的是因为我这半生始终是江心一船，崖边一马，

"船到江心马到崖"，许多事已不容回头，因而热泪常在目，意气恒在胸，血每沸扬，骨每呜呜然作中宵剑鸣，这样的人，如果允许我有愿，我且劝服我自己是江上清风，是石上苔痕，我正试着向自己做说客，要把自己说服啊！至于我听不听自己的劝告，我也不知道啊！

眼神四则

一　眼神

夜深了，我在看报——我老是等到深夜才有空看报，渐渐地，觉得自己不是在看新闻，而是在读历史。

美联社的消息，美国佐治亚州，一个属于 WTOC 的电视台摄影记者，名叫柏格，二十三岁，正背着精良的器材去抢一则新闻，新闻的内容是"警察救投水女子"。如果拍得好——不管救人的结果是成功或失败——都够精彩刺激的。

凌晨三时，他站在沙凡纳河岸上，九月下旬，是已凉天气了，他的镜头对准河水，对准女子，对准警察投下的救生圈，一切紧张的情节都在灵敏的、高感度的胶卷中进行。至于年轻的记者，他自己是安全妥当的。

可是，突然间，事情有了变化。

柏格发现镜头中的那女子根本无法抓住救生圈——并不是有了救生圈溺水的人就会自然获救的。柏格当下把摄影机一丢，急急跳下河去，游了四十米，把挣扎中的女人救了上来。

"我一弄清楚他们救不起她来，就不假思索地往河里跳下去。她在那里，她情况危急，我去救她，这是最自然不过的事！"他说。

那天清晨，他空手回到电视台，他没有拍到新闻，他自己成了新闻。

我放下报纸望着窗外的夜色出神。故事前半部的那个记者，多像我和我所熟悉的朋友啊！拥有专业人才的资格，手里拿着精良准确的器材，负责描摹记录纷然杂陈的世态，客观冷静，按时交件，工作效率惊人且无懈可击。

而今夜的柏格却是另一种旧识，怎样的旧识呢？是线装书里说的"人溺己溺"的古老典型啊！学院的训练无非在归纳、演绎、分析、比较中兜圈子，但沙凡纳河上的那记者却纵身一跃，在凌晨的寒波中抢回一条几乎僵冷的生命——整个晚上我觉得暖和而安全，仿佛被救的是我，我那本质上容易负伤的沉浮在回流中的一颗心。整个故事虽然发生在一条我所不认识的河上，虽然是一个我所不认识的人救了另一个我所不认识的人，但接住了那温煦美丽眼神的，却是我啊！

二　枯茎的秘密

秋凉的季节，我下决心把家里的“翠玲珑”重插一次。经过长夏的炙烤，叶子早已疲老殢绿，让人怀疑活着是一项巨大艰困而不快乐的义务。现在对付它唯一的方法就是拔掉重插了。原来植物里也有火凤凰的族类，必须经过连根拔起的手续，才能再生出流动欲滴的翠羽。搬张矮凳坐在前廊，我满手泥污地干起活来，很像那么回事的样子。秋天的播种让人有“二期稻作”的喜悦，平白可以多赚额外一季绿色呢！我大约在本质上还是农夫吧？虽然我可怜的田园全在那小钵小罐里。

拔掉了所有的茎蔓，重捣故土，然后一一摘芽重插，大有重整山河的气概，可是插着插着，我的手慢下来，觉得有点吃惊……

　　故事的背景是这样的，选上这种"翠玲珑"来种，是因为它出身最粗贱，生命力最泼旺，最适合忙碌而又渴绿的自己。想起来，就去浇一点水，忘了也就算了。据说这种植物有个英文名字叫"流浪的犹太人"，只要你给它一口空气、一撮干土，它就坚持要活下去。至于水多水少向光背光，它根本不争，并且仿佛曾经跟主人立过切结书似的，非殷殷实实地绿给你看不可！

　　此刻由于拔得干净，才大吃一惊发现这个家族里的辛酸史，原来平时执行绿色任务的，全是那些第二代的芽尖。至于那些芽下面的根茎，却早都枯了。

　　枯茎短则半尺，长则尺余，既黄又细，是真正的"气若游丝"，怪就怪在这把干瘪丑陋的枯茎上，分别还从从容容地长出些新芽来。

　　我呆看了好一会儿，直觉地判断这些根茎是死了，它们用代僵的方法把水分让给了下一代的小芽——继而想想，也不对，如果它死了，吸水的功能就没有了，那就救不了嫩芽了，它既然还能供应水分，可见还没有死，但干成这样难道还不叫死吗？想来想去，不得其解，终于认定它大约是死了，但因心有所悬，所以竟至忘记自己已死，还一径不停地输送水分，像故事中的沙场勇将，遭人拦腰砍断，犹不自知，还一路往前冲杀……

天很蓝，云很淡，风微微作凉，我没有说什么，"翠玲珑"也没有说什么，我坐在那里，像接触一份秘密文件似的，觉得一部"翠玲珑"的家族存亡续绝史全摊在我面前了。

那天早晨我把绿芽从一条条烈士形的枯茎上摘下来，一一重插，仿佛重缔一部历史的续集。

"再见！我懂得，"我替绿芽向枯茎告别，"我懂得你付给我的是什么，那是饿倒之前的一口粮，那是在渴死之先的一滴水，将来，我也会善待我们的新芽的。"

"去吧！去吧！我们等的就是这一天啊！"我又忙着转过来替枯茎说话，"活着是重要的，一切好事总要活着才能等到，对不对？你看，多好的松软的新土！去吧，去吧，别伤心，事情就是这样的，没什么，我们可以瞑目了……"

在亚热带，秋天其实只是比较忧郁却又故作爽飒的春天罢了，插下去的"翠玲珑"十天以后全都认真地长高了，屋子里重新有了层层新绿。相较之下，以前的绿仿佛只是模糊的概念，现在的绿才是鲜活的血肉。不知道冬天什么时候来，但能和一盆盆"翠玲珑"共同拥有一段温馨的秘密，会使我自己在寒流季节也生意盎然的。

三　黑发的巨索

看完大殿，我们绕到后廊上去。

在京都奈良一带，看古寺几乎可以变成一种全力以赴的职业，早上看，中午看，黄昏看，晚上则翻查数据并乖乖睡觉，以便养足精神第二天再看……我有点怕自己被古典的美宠坏了，我怕自己因为看惯了沉黯的大柱、庄严的飞檐而终于浑然无动了。

那一天，我们去的地方叫东本愿寺。

大殿里有人在膜拜，有人在宣讲。院子里鸽子缓步而行，且不时到仰莲般的贮池里喝一口水。梁间燕子飞，风过处檐角铃声铮然，我想起盛唐……

也许是建筑本身的设计如此，我不知自己为什么给引到这后廊上来，这里几乎一无景观，我停在一只大柜子的前面，无趣的老式大柜子，除了脚架大约有一人高，四四方方，十分结实笨重，柜子里放着一团脏脏旧旧的物事。我仔细一看，原来是一捆粗绳，跟臂膀一般粗，缠成一圈复一圈的圈形，直径约一米，这种景象应该出现在远洋船只进出的码头上，怎么会跑到寺庙里来呢?

等看了说明卡片,才知道这种绳子叫"毛纲","毛纲"又是什么?我努力去看说明,原来这绳子极有来历:那千丝万缕竟全是明治年间女子的头发。当时建寺需要大材,而大材必须巨索来拉,而巨索并不见得坚韧,村里的女人于是便把头发剪了,搓成百尺大绳,利用一张大撬,把极重的木材一一拖到工地……

美丽是什么?是古往今来一切坚持的悲愿吧?是一女子在落发之际的凛然一笑吧?是将黑丝般的青发,委弃尘泥的甘心捐舍吧?是一世一世的后人站在柜前的心惊神驰吧?

所有明治年间的美丽青丝岂不早成为飘飞的暮雪,所有的暮雪岂不都早已随着苍然的枯骨化为滓泥?独有这利剪切截的愿心仍然千回百绕,盘桓如曲折的心事。信仰是什么?那古雅木造结构说不完的,让沉沉的黑瓦去说,黑瓦说不尽的,让飞檐去说,飞檐说不清的,让梁燕去说,至于梁燕诉不尽的、廓然的石板前庭形容不来的、贮水池里的一方暮云描摹不出的以及黄昏梵唱所勾勒不成的,却让万千女子青丝编成的巨索一语道破。

想起京都,我总是想起那绵长恒存如一部历史的结实的发索。

四　不必打开的画幅

"唉，我来跟你说一个我的老师的故事。"他说。

他是美术家，七十岁了，他的老师想必更老吧？"你的老师，"我问，"他还活着吗？"

"还活着吧，他的名字叫庞薰琹，大概八十多岁了，在北平。"

"你是在杭州美专的时候跟他的吗？那是哪一年？"

"不错，那是一九三六年。"

我暗自心惊，刚好半个世纪呢！我不禁端坐以待。下面便是他牢记了五十年而不能忘的故事：

庞先生是早期留法的，在巴黎，画些很东方情调的油画，画着画着，也画了九年了。有一天，有人介绍他认识当时一位非常出名的老评论家，相约到咖啡馆见面。年轻的庞先生当然很兴奋很紧张，兴冲冲地抱了大捆的画去赴约。和这样权威的评论家见面，如果作品一经品题，那真是身价百倍，就算被指拨一下，也会受教无穷。没想到人到了咖啡馆，彼此见过，庞先生正想打开画布，对方却一把按住，说：

"不急，我先来问你两个问题——第一，你几岁出国的？第二，你在巴黎几年了？"

"我十九岁出国，在巴黎待了九年。"

"嗯，如果这样，画就不必打开了，我也不必看了，"评论家的表情十分决绝而没有商量的余地，"你十九岁出国，太年轻，那时候你还不懂什么叫中国。巴黎九年，也嫌太短，你也不知道什么叫西方——这样一来，你的画里还有什么可看的？哪里还需要打开？"

年轻的画家当场震住，他原来总以为自己不外受到批评或得到肯定，但居然两者都不是，他的画居然是连看都不必看的画，连打开的动作都嫌多余。

那以后，他认真地想到束装回国，以后他到杭州美专教画，后来还试着用铁线描法画苗人的生活，画得极好。

听了这样的事，我噤默不能赞一词，那名满巴黎的评论家真是个异人。他平日看了画，固有卓见，此番连不看画，也有当头棒喝的惊人之语。

但我——这五十年后来听故事的人——所急切的和他却有一点不同，他所说的重点在于东方、西方的无知无从，我所警怵深惕的却是由于无知无明而产生的情无所钟、心无所系、意气无所鼓荡的苍白凄惶。

但是被这多芒角的故事擦伤，伤得最疼的一点却是：那些住在自己国土上的人就不背井离乡了吗？像塑胶花一样繁艳夸张、毫不惭愧地成为无所不在的装饰品，却从来不知在故土上扎根布须的人到底有多少呢？整个一卷生命都不值得打开一看的，难道仅仅只是五十年前那流浪巴黎的年轻画家的个人情结吗？

动情二章

一 五十万年前的那次动情

三次动情，一次在二百五十万年前，另一次在七十五万年前，最后一次是五十万年前——然后，她安静下来，我们如今看到的是她喘息乍定的鼻息，以及眼尾偶扫的余怨。

这里叫大屯山小油坑流气孔区。

我站在茫茫如幻的硫黄烟柱旁，伸一截捡来的枯竹去探那翻涌的水温，竹棍缩回时，犹见枯端热气沸沸，烫着我的掌心，一种动人心魄的灼烈。据说它在一千米下是四百度，我所碰触的一百度其实已是它经过压抑和冷却的热力。又据说硫黄也是地狱的土壤成分，想来地狱也有一番骇人的胜景。

"一九八三年庄教授和德国贝隆教授做了钾氩定年测定，"蔡说，"上一次火山爆发是在五十万年前。"

蔡是解说科科长，我喜欢他的职位。其实人生在世，没什么好混的，真正伟大的副业如天工造物，人间豪杰一丝一毫插手不得。银河的开辟计划事前并没有人向我们会知，太阳的打造图样我们何曾过目？古往今来所有的这地面上混出道来的灿烂名字，依我看来其职位名衔无一不是"述"者，无一不是解说员。孔子和苏格拉底，荷马和杜甫，牛顿和李白，爱因斯坦和张大千，帕瓦罗蒂（意大利歌剧男高音）和徐霞客，大家穷毕生之力也不过想把无穷的天道说得清楚一点罢了。想一个小小的我，我小小的此生此世，一双眼能以驰跑圈住几平方公里智慧？一双脚能在大地上阅遍几行阡陌？如果还剩一件事给我做，也无非做个解说员：把天地当一篓背在肩上的秘本，一街一巷地去把种种情事说得生鲜灵动，如一个在大宋年间古道斜阳中卖艺的说书人。

蔡科长是旧识，"五十万"的数字也是曾经听过的"资料"。但今天不同，只因说的地方正是事件发生的现场，且正自冒着一百二十度的流烟，四周且又是起伏彷徨的山的狂乱走势，让人觉得证据凿凿，相信这片地形学上名之为"爆裂口"的温和土地，在五十万年前的确经历过一场惊心动魄的情劫。

我一再伸出竹杖，像一支温度计，不，也许更像中国古代的郎中，透过一根丝线为帐幕里的美人把脉，这大屯山，也容我以一截细竹去探究她的经脉。竹杖在滚沸的泉眼中微微震动，这是五十万年前留下的犹未平缓的脉搏吗？而眼前的七星大屯却这般温婉蕴藉，芒草微动处只如一肩华贵的斗篷迎风凛然。我的信心开始动摇了，是焉非焉？五十万年前真有一场可以烈火焚地的大火吗？曾经有赤浆艳射千里？有红雾灼伤森森万木吗？有撼江倒海的晕眩吗？有泄漏地心机密太多而招致的咒诅吗？这诡异不可测的山系在我所住的城北蹲伏不语，把我从小到大看得透透的，但她对我却是一则半解不解的诗谜。事实上，我连"五十万年"是什么意思也弄不懂啊！我所知道的只是一朝一夕，我略略知晓山樱由繁而竭的断代史，我勉强可以想象百年和千年的沧桑，至于万年乃至五十万年的岁月对我而言已经纯粹是一番空洞的理论，等于向一只今天就完成朝生暮死的责任的蜉蝣述说下个世纪某次深夜的月光，这至今犹会烫伤我的沸烟竟是五十万年前的余烬吗？

不能解，不可解，不必有解。

一路走下步道，云簇雾涌之上自有丽日蓝天，那蓝一碧无瑕，亮洁得近乎数学——对，就是数学的残忍无情和绝对。

但我犹豫了一下，发觉自己竟喜欢这份纯粹决绝，那摆脱一切拒绝一切的，百分之百全然正确无误的高高危危的蓝。相较于山的历劫成灰，天空仿佛是对联的另一句，无形无质无怒无嗔。

穿过密密的箭竹林，山回路转，回头再看，什么都不在了。想起有一次在裱画店里看到画家写的两句话："云为山骨骼，苔是石精神。"而大屯行脚之余我所想到的却是："云为山绮想，苔为石留言。"至于那源源地热，又是山的什么呢？大约可当作死火山一段亦甜蜜亦悲怆的忏情录来看吧？

二　三千公里远的一场情奔

湖极小，但是它自己并不知道。由于云来雾往，取名"梦幻"，关于这一点，它自己也一并不知。

云经过，失足坠入，浅浅的水位已足够溢为盈盈眼波。阳光经过，失足坠入，暖暖的火种也刚好点燃顾盼的神采。月色经过，山风经过，唯候鸟经过徘徊驻足之余竟在河中留下三千公里外的孢囊，这是后话，此处且按下不表。

有人说"日据时代"旧名"鸭池"的就是它，有人说不然。有当地居民说小时候在此看到满池野鸭。有人说今天虽不见水鸟，但仍拾到鸟羽，可见千万年来追逐阳光的候鸟仍然深深眷爱这条南巡的旧时路，有人在附近的其他池子里发现五十只雁鸭，劫余重逢，真是惊喜莫名。这被相思林和坡草密密护持钟爱的一盏清凉，却也是使许多学者和专家讶异困惑而不甚了然的小小谜团。我喜欢在众说纷纭之际小湖自己那份置身事外的闲定。

湖上遍生针兰，一一直立，池面因而好看得有如翠绫制成的针插。但湖中的惊人情节却在水韭，水韭是水生蕨类，整场回肠荡气的生生死死全在湖面下悄然无息地进行。有学者认为它来自中国东北，由于做了候鸟免费的搭乘客，一路旅行三千公里，托生到这遥远的他乡。想它不费一文，不劳一趾，却乘上丰美充实的冬羽，在属于鸟类的旅游季出发，一路上穿虹贯日，又哪知冥冥中注定要落在此山此湖，成为水韭世界里立足点最南的一族。如果说流浪，谁也没本事把流浪故事编制得如此潇洒华丽。如果说情奔，谁也没有机会远走得如此彻底。但这善于流浪和冲激的生命却也同样善于扎根收敛。植物系的教授钻井四米，湖底的淤泥里仍有水韭的遗迹。湖底显然另有一层属于水韭的"古代文明"，推算起来，这一族的迁移也有若干万年了。水韭被写成了硕士论文，然后又被写成博士论文——然而则没有人知道，在哪一年秋天，在哪一只泛彩的羽翼中夹带了那偷渡的情奔少年，从此落地繁殖，迁都立国。

使我像遭人念了"定身符咒"一般站在高坡上俯视这小湖而不能移足的是什么呢？整个故事在哪一点上使我噤默不能作声呢？这水韭如此曲折柔细像市场上一根不必花钱买的小葱，却仍像某些生命一样，亦有其极柔弱极美丽而极不堪探索碰触的心情。如此大浪荡和大守成，岂不也是每个艺术家梦寐以求的境界？以芥子之微远行三千里，在方寸之地托身十万年，这里面有什么我说不清却能感知的神秘。

水韭且又有"旱眠"，旱季里池水一枯见底，但在晒干的老株下，沼泽微润，孢子便在其中蓄势待发，雨季一至，立刻伸头舒臂，为自己取得"翠绿权"。

诗人或者可以用优雅的缓调吟哦出"山中一夜雨，树杪百重泉"的句子，但实质的生命却有其奔莽剧烈近乎痛楚的动作。一夜山雨后，小小的湖泊承受满溢的祝福。行人过处，只见湖面轻烟缩梦，却哪里知道成千上万的生命正在做至精至猛的生死之搏。只有一个雨季可供演出，只有一个雨季可恣疯狂，在死亡尚未降临之际，在一切尚未来不及之前，满池水韭怒生如沸水初扬——然而我们不知道，我们人类所见的一向只是澄明安静浑无一事的湖面。这世界被造得太奢华繁复，我们在惊奇自己的一生都力不从心之余，谁又真有精力去探悉别种生命的生死存亡呢？谁能相信小小湖底竟也是生命神迹显灵显圣的道场呢？

梭罗一度拥有瓦尔登湖，宋儒依傍了鹅湖，而我想要这鲜澄的梦幻湖，可以吗？我打算派出一部分的自己屯守在此，守住湖上寒烟，守住寒烟下水韭的生生世世，且守住那烟织雾纺之余被一起混纺在湖景里的自己。

偶　成

海滩和狗

所有海滩以及画片上该有的，这里都有了：蓝天、白云、永不疲倦的浪、漂亮的穿着泳装的男女、遮阳伞、饮料、舒服的度假旅馆⋯⋯

我坐在度假旅馆的半圆形阳台上，俯瞰海滩（奇怪，此地的话叫"露台"，想想也对，大约白天承受阳光，夜晚承受露水）。楼很高，难免形成自己超然俯察的地位，这一天的我很快乐，但不是为超然，而是因为没有歉疚感。本来，到这种处处阳光处处山径的小岛上来度假，以我的个性来说，难免不安。但这一次，我们是义务替一个中文写作班讲一星期的课，在这英国人的殖民地上教华人中文，题目够正大了，工作也够辛苦了，受人招待住个度假旅馆，也是该的……

岛的名字叫"长洲"，距离香港有个把小时船程，有一种水天悠悠含融不尽的余致。

我该去料理一下讲义的，却整个下午愣愣地坐在露台上，看整条海滩。海滩由于坦呈过分，其实也没什么可以看的，我待在那里是由于两只一黑一花的狗……

狗的主人很壮硕，远远看去，他大约正在进行训练计划。教具是一只胶质拖鞋，他把拖鞋从脚上脱下来，往海里掷去，然后把两只在阳光下嬉戏的狗叫住，示意它们去把拖鞋捡回来。两只狗果然都停了游戏，拼命往水边跑去，及至跑到岸边，那只花的愣头愣脑地继续往前冲，从虽不险恶却也难缠的浪涛中游过去，把拖鞋衔了回来，放在主人脚前。

至于那只黑的，虽也急急忙忙跑到水边，却忽然趑趄不前，歪着头深思起来，隔着五百米，我恍惚能看到它庄严的表情。对花狗近乎莽撞的行为，它做出一副"我方尚在审慎观察中"的嘴脸，等花狗把拖鞋捡了回来，它也不置一词。两个家伙观念虽殊，倒不影响交情，当下又一起撒起欢来。

不到五秒钟，主人一声吆喝，拖鞋又在浪涛里浮沉了，两只狗又拼命冲到岸边，花的那只仍做"舍我其谁式"的冲刺，黑的这只仍像多虑的哈姆雷特王子，喃喃自问："为之乎？抑不为之乎？"

这件事，因为做了一下午，我也就看了一下午，看到日影渐黯，我把同来演讲的慕蓉从梦中叫起，强迫她也一起看。"奇怪啊！你看那怪人，他一定要把狗教成会从海浪里捡回拖鞋有什么用呢？而那只花狗也傻，人家出了题目它就一定做，它怎么都不知道自己可以不做呢？那只黑狗才更奇怪——它每次一定跑，等跑到水边又立刻变成一副深思熟虑的样子……"

慕蓉也看傻了。

"我懂了，"我忽然宣布这一下午的看狗心得，"那花狗是艺术家，不知死活的那一种，忽然发现造化少了一只鞋，就抵死要去把那缺憾补回来，一次一次把自己累得半死也不知停；黑狗却是哲学家，它在想，鞋子捡回来，又怎么样呢？又能怎么样呢？造化又不知安着什么心眼？拖鞋事件大约跟希腊神话里西西弗斯的那块石头，或中国神话里吴刚的那株桂树类同吧？这一场不知何时罢手的永恒重复，做了亦无所得，不做，亦无所失。每次它跑到岸边，脚趾触到温暖的海水，它就穷知究虑起来。它每想一次，疑团就更大，决定就更困难。看来生命是一场善意的圈套，在一带美丽的海滩上进行，你不知该怎么办。上当呢，是傻；不上当呢，是无趣。"

慕蓉笑了起来。

"我们都是那只累得半死的艺术家狗，是吗？"

天终于黑下来，海景自动消失，一切美丽恢复为混沌，一切荒谬亦然，我松了一口气——否则我倒真的不知如何从那一鞋二狗的永劫中抽身而出呢！

钉 痕

一开头，在俯身捡起钉子的刹那，我就已经知道自己错了。

那是一枚好钉，亮晶晶且铁铮铮，首尾约七厘米，阳光下崭新，显然还没有用过，但不知为什么会被人遗失在路边。

这条路叫"窝打老道"，是九龙的一条大路，"窝打老"其实就是"滑铁卢"，英国人最引以为荣的地名，现在拿来安给这条路了。这么宽大这么伸长的一条路，这么人事匆忙、地价如金的一条路，怎么会好端端冒出一枚钉子来呢？

所谓"悲剧"，某些时候大约就是指不得其时、不得其地和不得其位吧？一枚雪亮的钉子，躺在路边——这件事本身既荒谬又凄伤，其境遇完全等于美人失宠或壮士失托。弄得不好，它会身不由己地去戳破轮胎，日复一日，我知道它终会骨销色败，变成纷纷锈屑。捡起它，是出于一时冲动，一份轻量级的侠情，觉得自己代为收拾的亦是某个生命的困顿灾厄。

回想起来，就在手指尚未触及钉尖之前，我不但明白自己又错了，而且连自己错在何处，也一并看清楚了。这半生拾拾捡捡的事太多，无非因为疼惜，但疼惜只是心念的一刹剧动，事后又哪里真有力量能照顾到底？曾有好几年，每到六月我都到校园的相思树干上去摘下蝉蜕，然后一只只积存着，那也是某种歌唱家的一生啊！到后来因为积存太多，想想，狠了心，一股脑儿拎去送给一位中医做药材了。此刻，我竟又多事来捡一根钉，我要这根钉干什么呢？我能放它在哪里呢？一根钉子塞在我的手提袋里也并不见得比躺在马路边为不荒谬啊！

然而，反省只是我不切实际的习惯，事实上"拾钉子"这件事情根本是我早已定案的决定——而决定，在我看到它的那一秒已经完成。

捡钉事件的整个过程，其实不过是一俯身间，不料思绪千回百转，我竟意外地检阅了这仓促的半生。我是一个"舍不得"的人，就连别人以为我在"用功"的那些事，也无非是一种舍不得的心情。舍不得前人的一代风华就此凋萎零落，才在故纸堆中一一掇拾流连。钉子终于放进我的皮包里，我给自己找了一个很好的理由，叫作"以志吾过"。每次开关皮包之际，我用这显得十分突兀的钉子提醒自己说：

"你看，对钉子你又能救拔它多少呢？一枚钉子尚且如此，一个时代你又能扛几斤责任呢？你自己也无非是一枚小钉子罢了。"

后来，每次赴港经过窝打老道，我总会在捡拾钉子的老地方小立一下。想起当日艳阳下钉子耀眼的晶光，想起任性使气的自己，以及一切不得其时、不得其地、不得其位的众生，我的心恍如牢牢深深地楔入一枚钉子，因而变得凄紧。想来众生之中极美的基督之所以为基督，也无非是双掌心里各拥有一枚钉痕吧？而我，在捡拾一枚钉子的小小动作里，也因那爱怜的一握，而在掌心留下微痛的痕记。

山的春、秋记事

一 山坳里的春之画展

春天，我们应邀去看画展，邀请的人是太鲁阁公园管理处的处长，但我宁可视他为画廊经纪人。据说上一档展出的是油菜花，这一档则是桃花，作者都是同一个，名字叫"造化"。作者的脾气一向执拗，从来不肯宣布确实的展期，你只能约略知道似乎有动静了，甚至快要揭幕了，正在大家争相走告猜疑不定之际，忽然某个晴和的早晨，繁花满畦，你知道展览已经开始了。

其实更应该一提的也许是这画廊，百仞青山，千里涧水，勤读的清风翻阅每一页翠绿，照明设备则只架两盏大灯，白天的那盏叫"太阳"，晚上的那盏叫"月亮"，终年展出，日夜不休。

只是画廊太长、太大、太深，这等手笔太不符合经济效益了吧？我们从清晨出发，一路走到中午，桃花才迟迟来入眼——令人惊喜的是上一档的油菜花尚未完全收起，这一档的桃花已经推出。桃花挂得高些，油菜花铺得低些，一个展览场竟做两番同步的展出，构想倒也新奇大胆。

这个地方叫"陶塞村"，和陶塞溪的河床相去不远，两个地方倒好像历史上的李白与杜甫或者苏东坡与姜白石，因为有其同样优美的才质，所以不知不觉拼命追求相异的面貌：

陶塞村在四月是粉红色的寝宫，桃花林下一路行来，只觉淡淡的胭脂在眉颊在歌啸在若有若无的风里晕开。

陶塞溪则相反，唯恐色调不够沉郁浑厚：黑色的巨石森森垒垒，起先你不知道何以要下笔如此滞重？及至坐久了，看那鲜碧如琉璃的急流一路喷沫含烟地往前窜去，不免顿悟，非如此老老实实的纯洁黑色不足以托住那跳脱如仙裙的薄绿。

陶塞村的路径曲曲折折地往山头蜿蜒。

陶塞溪的水流一去无悔地往低处倾泻。

陶塞村是施了法的城堡，桃花在幻象中且开且落，寂然无声。连蜂媒蝶使也都似着了魔法，在催眠状态下往往返返。

陶塞溪却是一首永不歇拍的哗然长歌。水是永不迸断的琴弦，山是永不摧坏的雁柱。一切凹入的岩穴谷地皆成共鸣箱，一切奇拔突起的山势皆如鼓钹镗锗，沸然扬声。

陶塞村与陶塞溪是如此相倚相重，而又如此刻意相反相成——如果你只识其中一个会觉得两者各自浑然无瑕，但如果认识了两个，便不免觉得两者如果少掉一个必是憾事。陶塞溪是护城河，圈住山头一片美的营垒，没有陶塞溪则城池不固。而桃花则是故垒中的公主，有了她，陶塞溪守护的职守才有其可以夸称的意义。

桃花其实年年重复，但却无一枝无一朵无一瓣无一蕊抄袭旧作。我见桃下有块苔痕斑斑的大石，便把麂皮旅行袋权作枕头横卧仰观。同伴因贪看溪景一时未至，我便独霸整个桃林的风光。桃花宜平视，亦宜仰望，平观是艳色潋滟，仰观则成法相庄严。当然，如果乘坐小飞机俯视亦无不可，但俯视却有点像神话故事里的云端童子，对着人间转眼零落的繁红盛绿，恐怕总不免悯然有泪吧？

——所以最好的应该是仰视了。闻说大匠米开朗琪罗一生画教堂壁画，画到圆穹高处，只好翻身仰首而画，及至晚年，竟成习惯性的"仰面人"。人生能留下这样一个姿势，真是够凄凉也够豪壮了。

仰看桃花弥天漫地，在这悠悠如青牛的大石上，我觉得自己既是置身花事之中，又仿佛置身花事之外。繁花十里如火如炽之际，亦自娴静贞定。那红色真红得危险，那桃红再加热一度即可焚身，再冷凝一度又不免道学气，这四月桃花却行险侥幸，刚好在其间得大优游大自在。《诗经》中的桃花是男婚女嫁的情缘，民间传说中的桃枝却又可以驱鬼，而在王母娘娘的果园里垂其芬郁圆熟的也是此桃，想来这桃竟是可仙可道可以入世亦可以伏魔的异物。

故事中的汉武帝在七月七日深夜得见西王母，吃了两枚桃子，悄悄留下桃核想要去种，西王母笑了（大约还带着促狭的神气吧！），她说："那桃三千年才结一次哩！你留着种子干吗？"

对于渴望成仙不朽的汉武帝而言，一切都来不及了，三千年结一次的桃，不是凡人可种来吃的。想来三千年间应该是一千年成树，两千年着花，三千年结果吧？假如当年汉武帝不甘心之余仍然偷偷在海上仙山种下它，至今刚好两千年，我该刚好赶上看了吧？其实仙桃之花也无非等于今年四月村子里此时此刻的桃花，或者此花本即仙种吧？但慧绝亦复痴绝的凡人刘彻呵，他为什么始终不能明白，人的不朽不在于食桃，而在于定目凝视那万千纷纭起落之余的一念敬畏。人能一旦震慑于美的无端无涯，威服于生命的涌动生发，亦即他终于近道之刹那了。

一阵风过处，汉唐渐远，急红入须，一照面之下彼此都知道对方是过眼的繁华吧？至于那乱落入书的，和诗行互映互衬之余都了解自己是宿慧一现吗？而桃花终于成为书本上的朱砂手批。桃花也是整个中国山川的点点朱批吧？

下山以后，电话里蒋勋说："我一直记得那条路，那天你的车在前，我的车在后，你斜欠着身子坐在后座，衣服在树下隐隐泛蓝，让我想起从前在台湾乡下，女孩子穿件蓝布衣裳，被人载着去出嫁。"

"他什么不好想，却想到要我去出嫁？"电话里我跟慕蓉转述，一面大笑，"我那时坐在人家摩托车后座，左边是时有落石的峭壁，右边是万丈深渊，自危都来不及呢！怎么会像出嫁！哎，而且叫我嫁给谁呢？嫁给春天哪？"

关于四月，关于桃花，每次在我乍然想起，几乎怀疑它们是虚构情节的时候，因为有朋友那番话，使我相信它是确实发生过的。

二 站在因月光而超载的危桥上

那地方叫"文山"，我们当时都站在吊桥上，一边一排，两相对立。月亮升上来，山林隐隐骚动起来，事情就这么单纯，可是我们却哗然一声静了下来，我说"哗然"，是因为那凝静里有着更巨大的喧哗。

使万物清朗的是秋天，化幽隐为透明的是满月，桥因超载月光而成为危桥，但我深深爱上那份危险。

我们站在吊桥上，你知道，所谓"吊桥"，就是一侧有山，另一侧也有山，而且下面还有溪涧深渊的那种东西。当时月亮亮得极无情，水亦流得极刚猛决然，人在桥上，虽然仗着人多势众，也不得不惶然凄然。我觉得自己像一只蜘蛛，垂悬在上不着天、下不着地的太虚里，不同的是蜘蛛自己结网，我却只能把生命交给那四根铁索。铁索微微晃漾，我也并不觉得不踏实，生命多少是一场走钢索，别人替你不得，别人扶你不得，你只能要求自己在极惊险的地方走得极漂亮稳当。和钢索相比，吊桥已够舒坦。山和山是安定的名词，吊桥是其间诚恳的连接词，而我，我是那欲有所述的述语。

只是一群人，只是一群人站在深山的吊桥上，只是那天晚上刚好有秋天圆满的月亮——就这么简单，可是，不止啊，我说不清楚，我能说的只是舞台布景，至于述之不尽的满溢的悲喜和激情，却又如何细说？

记得有次坐火车慢车赴屏东，车上有个枯干憔悴的男人，看样子是原住民，而且智力显然有障碍。但因他只自顾自地咿咿喔喔而并无攻击性，大家也就各自打盹发呆不去理他。不料忽然之间，车子一转，天际出现一道完整的彩虹，仿佛天国的拱门，万种华彩盈眉喷面而来。可怜那男子一跃而起，目瞪口呆，他在一个车厢里喜得前奔到后，后奔到前，去拉每个乘客的衣服，嘴里只会"啊——啊啊——啊——啊"地狂呼，手指却兴奋发抖反复直指那道长虹，他要每个人知道这开天辟地以来的第一次神迹。

知识有什么用呢？知识使人安然夷然，说：

"这是虹，因阳光折射而成，包含七种颜色。"

而那男子却因无知无识，亦无一个词眼一个句子可用，因而反倒可以手指直呼，直逼真相。他不假任何知识或成见去认识虹，他更没有本领向任何人讲述虹的知识，他当时大惊小怪，在车厢里失态乱叫的语言如果翻译出来也只是："快看、快看，我看到一个东西很好看，你也快看！"

但不知为什么，以后每看到虹，一切跟虹有关的诗歌、神话、传说都退远了，只剩那智障男子焦虑乱促的叫声，仿佛人被逼急了，不得不做出的紧急反应，他被什么所逼呢？是被那一道艳于一道的七叠美丽吗？

和那男子相比，我也有智力障碍吧？此时此际，月出自东山，月涌于深涧，众人在月下站着，亦复在月上站着。我欲寻一语不得，恨不得学那人从桥头跑到桥尾，从桥尾奔回桥头，手指口呼，用最简单最原始的"啊——啊啊——啊"来向世人直指这一片澄澈的天心。

又记得小时候和同伴月下嬉玩，她忽然说：

"你不可以指月亮，不然手指头会烂。"

"胡说！"我有点生气，"不信你明天看我手指烂不烂。"

当时虽然嘴硬，心里却不免兀自害怕，第二天看见自己十指俱全，竟有点劫后余生的欣喜。

事隔多年，如果今天再有孩子来问我，我会说：

"月亮可以用手指头'指'，但万万不可以用言语'指述'。"

真的不可指述，因为一说便错。

所以颠来倒去，我只能反复说，曾有一个晚上，秋月圆满无憾，有一群人站在群山万壑之间的一线凌虚架空的吊桥上。当是时，桥上是月，桥下亦是月（如果要列得更明细一点，桥上的月是固体的，桥下的月是流体的，反映在眉目衣袂间的则是气体的玉辉）。众人哑然，站在那条挂向两山间的悬空吊桥上，一如他们的一生，吊在既往和未知之间扯紧的枯绳上。

三　神出鬼没的山

如果我说"那些神出鬼没的山",你会以为我在撒谎吗?

古人用词,实在有其大手段,例如他们喜欢用"明灭"。像王维说"寒山远火,明灭林外"倒还合理。韦应物诗"寒树依微远天外,夕阳明灭乱流中"也说得过去。但像杜甫说"回首凤翔县,旌旗晚明灭"就不免有印象派的画风,旗帜又不是发光体,如何忽明忽暗?柳宗元的游记大着胆子让风景成为"斗折蛇行,明灭可见",朱敦儒的词更认为"千里水天一色,看孤鸿明灭",仿佛那只鸟也带着闪光灯似的。

大概凡是美的事物,都有其闪烁迷离的性格,不但夕阳远火可以明灭,一切人和物都可以在且行且观的途中乍隐乍现,忽出忽没,而它的动人处便在这光线和形体的反复无常吧?山势亦然,闪烁飘忽处,竟如武林高手在逞其什么怪异的扑朔迷离的游走身法。你欲近不得欲远不得,忽见山如伏虎,忽闻水如飞龙。你如想拿笔记录,一阵云来雾往,仿佛那性格古怪的作者,写不上两行就喜欢涂上一堆"立可白",

把既有的一切来个彻底否认。一时之间山不山，水不水，人不人，我不我，叫人不仅对山景拿捏不定，回头对自己也要起疑了。

所以，如果我说那"神出鬼没的山"，其实是很诚实的。

那天清晨，来到这断崖崩壁前，朋友们拿起画笔时，我心里充满恶作剧的欲望。

"我在想，如果找到一根大棍子，我把你们每个人一棒槌打昏放在大麻袋里，神不知鬼不觉地把你们拖来这山上，"我一面说，一面盘算，自己高兴得大笑大叫，"然后骗你们说你们被绑架了，这里是四川了，这里便是李白《蜀道难》里'连峰去天不盈尺……砯崖转石万壑雷'的绝高绝美的地方，我相信你们个个都会相信。我骗你们说这里就是'峨眉天下秀'，我骗你们说，这里就是'可以横绝峨眉巅'的地方，你们绝对会相信，只要我找到一根大棍子，把你们一个个先打昏……"

"你这人也真奇怪，好端端的，为什么满心只想找根大棍子把我们一个个打昏……"蒋勋说得无限委屈，好像我真的手里握着大棍子似的。

对啊，我为什么如此杀气腾腾？只因在山里住了几天，就平添出山大王的草莽气味来了吗？不对，不对，我这根大棍子非比寻常，是老僧手里那"棒喝"之棒。一棍下去，结结实实，让人经过"震荡"以后，整个惊醒过来。我其实哪里是要打他们，我只是生气有人活到今天还不知道自己身在台湾可以纵目看到一流山水，我是个不时拿棒子打自己的人，我时时问自己：

"你能不能放弃那个旧我和旧经验，用全新的眼睛来看这个世界？"

巨幅的悬崖近乎黑色，洁净无瑕，和山民的皮肤同色调同肌理，看来是系出一个血源了。山与山耸立，森森戟戟如铜浇铁铸，但飞奔的碧涧却是个一缰在握的少年英雄，横冲直撞，活活地把整片的山逼得左右跳开，各自退出一丈远，一条河道于是告成。但这场战争毕竟也赢得辛苦，满溪都是至今犹腾腾然的厮杀的烟尘和战马的喷沫……

同伴写生，我则负责发愣发痴，对于山水，我这半生来做的事也无非只是发愣发痴而已——也许还加一点反刍。其实反刍仍等于发愣，那是对昨日山水的发愣，坐在阳光下，把一路行来的记忆一茎一茎再嚼一遍，像一只馋嘴的羊。我想起白杨瀑布，竟那样没头没脑从半天里忽然浇下一注素酒，你看不出是从哪一尊壶里浇出来的，也看不懂它把琼浆玉液都斟酌到哪里去了。你只知道自己看到那美丽的飞溅，那在醉与不醉间最好的一段醺意。我且想起，站在桥墩下的巨石上，看野生的落花寂然坠水。我想起，过了桥穿岩探穴，穴中山泉如暴雨淋得人全身皆湿，而岩穴的另一端是一堵绿苔的长城，苔极软极厚极莹碧，那堵苔墙同时又是面水帘，窄逼的山径上，我拼命培养自己的定力，真怕自己万一被那鲜绿所惊所惑，失足落崖，不免成了最离奇的山难事件。我想起当时因为裙子仍湿，坐在那里晒太阳，一条修炼得身躯翡翠通碧的青蛇游移而来。阳光下，它美丽发亮如转动的玉石，如乍惊乍收的电光，我抬起脚来让它走，它才是真正的山岳之子，我一向于蛇了无恐惧，我们都不过是土地的借道者。

想着想着，忽觉阳光翕然有声，阳光下一片近乎透明的红叶在溪谷里被上升的气流托住了，久久落不下去，令人看着看着不免急上心来，不知它怎么了局。至于群山，仍神出鬼没，让人误以为它们是动物，并且此刻正从事大规模的迁移。

终于有人掷了画笔说：

"不画了，算了，画不成的。"

其他几人也受了感染，一个个仿佛找到好借口，都把画笔收了。我忽然大生幸灾乐祸之心，嘿嘿，此刻我不会画画也不算遗憾了，对着这种山水，任他是谁都要认输告饶的。

负责摄影的似乎比较乐观，他说：

"照山，一张是不行的，我多照几张拼起来给你们看看。"

他后来果真拼出一张大山景，虽然拼出来也不怎么样——我是指和真的山相比。

我呢，我对山的态度大概介乎两者之间吧，认真地说，也该掷笔投诚才行，但我不免仍想用拼凑法，东一角，西一角，或者勉强能勾山之魂，摄水之魄吧？让一小撮山容水态搅入魂梦如酒曲入瓮，让短短的一生因而甘烈芳醇吧！

辑二　从你美丽的流域

从你美丽的流域

推着车子从闸口出来，才发觉行李有多重，不该逞能，应该叫丈夫来接的。

一抬头，熟悉的笑容迎面而来，我一时简直吓一跳，觉得自己是呼风唤雨的魔术家，心念一动，幻梦顿然成真。

"不是说，叫你别来接我吗？"看到人，我又嘴硬了。

"你叫我别来的时候，我心里已经决定要来了，答应你不来只是为了让你惊喜嘛！"

我没说话，两人一起推着车子走，仿佛举足处可以踏尽天涯。

"孙越说，他想来接你。"

"接什么接，七十分钟的飞机，去演一个讲就回来了，要接什么？"

"孙越有事找你，可是，他说，想想我们十天不见了，还是让我们单独见面好，他不要夹在中间。"

我笑起来，看不出孙越还如此细腻呢!

"他找我有什么事？"

"他想发起个捐血运动，找你帮忙宣传。"

"他怎么想到我的？"

"他知道你在香港捐过血——是我告诉他的。"

孙越——这家伙也真是，我这小小的秘密，难道也非得公开出来不可吗?

一九八三年九月我受聘到香港去教半年书。临行前虽然千头万绪，匆忙间仍跳上台北新公园的捐血车，想留下一点临别时的礼物，可惜验血结果竟然说血红素不够，原来我还是一个"文弱女子"，跟抽血小姐抗辩了几句，不得要领，只好回家整理行囊扬空而去。

一九八四年二月合约期满，要离港的那段日子，才忽然发现自己爱这座危城有多深。窗前水波上黎明之际的海鸥，学校附近大树上聒噪的黄昏喜鹊，教室里为我唱惜别曲的学生，深夜里打电话问我冬衣够不够的友人，市场里卖猪肠粉的和善老妇，小屋一角养得翠生生的鸟巢蕨……爱这个城是因为它仍是一个中国人的城，爱它是因为爱云游此处的自己。

"浮屠不三宿桑下者，不欲久生恩爱。"僧人不敢在同一棵桑树下连宿三天，只因怕时日既久不免留情。香港是我淹留一学期的地方，怎能不恋栈？但造成这恋栈的形势既是自己选择的，别离之苦也就理该认命。

用什么方法来回报这个拥抱过的地方呢？这个我一心要向它感谢的土地。

我想起在报上看到的一则广告：

有个人，拿着机器往大石头里钻，旁边一行英文字，意思说："因为，钻石头是钻不出什么血来的——所以，请把你的血给我们一点。"

乍看之下，心里不觉一痛，难道我就是那石头吗？冷硬绝缘，没有血脉，没有体温，在钻探机下碎骨裂髓也找不出一丝殷红。不是的，我也有情的沃土和血的川原，但是我为什么不曾捐一次血呢？只因我是个"被拒绝捐血的人"，可是——也许可以再试一下，说不定香港标准松些，我就可以过关了。

用一口破英文和破广东话，我按着广告上的指示打电话去问红十字会，这类事如果问"老香港"应该更清楚，但是我不想让别人知道，只好自己去碰。

还有什么比血更好呢，如果你爱一块土地，如果你感激周围的关爱，如果你回顾岁月之际一心谢恩，如果你喜欢跟那块土地生活时的自己，留下一点血应该是最好的赠礼吧。

那一天是二月六号，我赶到金钟，找到红十字会，那一带面临湾仔，有很好的海景。

"你的血要指定捐给什么人？"办事的职员客气地拿着表格要为我填上。

捐给什么人？我一时愣住，不，不捐给什么人，谁需要就可以拿去。这并不是什么了不起的东西，只不过是光与光的互照，水与水的交流，哪里还需要指定？凡世之人又真能指定什么、专断什么呢？小小的水滴，不过想回归大地和海洋，谁又真能指定自己的落点？幽微的星光，不过想用最温柔的方式说明自己的一度心事，又怎有权利预定在几千几百年后，落入某一个人的视线？

"不，不指定，"我淡淡一笑，"随便给谁都好。"

终于躺上了捐血椅，心中有着偷渡成功的窃喜，原来香港不这么严，我通过了，多好的事。护士走来，为我打了麻

醉针。他们真好，真体贴。我瞪着眼看血慢慢地流入血袋，
多好看的殷红色，比火更红，比太阳更红，比酒更红，原来
人体竟是这么美丽的流域啊！

想起余光中的那首《民歌》来了，舒服地躺在椅子上慢
慢回味着多年前台北中山纪念馆里的夜晚，层层叠叠的年轻
人同声唱那首泪意的曲子：

> 传说北方有一首民歌
> 只有黄河的肺活量能歌唱
> 从青海到黄海
> 风　也听见
> 沙　也听见
>
> 如果黄河冻成了冰河
> 还有长江最最母性的鼻音
> 从高原到平原
> 鱼　也听见
> 龙　也听见
>
> 如果长江冻成了冰河

还有我，还有我的红海在呼啸

从早潮到晚潮

醒　也听见

梦　也听见

有一天我的血也结冰

还有你的血他的血在合唱

从 A 型到 O 型

哭　也听见

笑　也听见

多好的红海，相较之下人反而成了小岛，零散地寄居在红海的韵律里。

离开红十字会的时候，办事小组要我留地址。

"我明天就回台湾呢！"

谁又是真有地址的人呢？谁不是时间的过客呢？如果世间真有地址一事，岂不是在一句话落地生根的他人的心田上，或者一滴血如河流相互灌注的渠道间——所谓地址，还能是什么呢？

快乐，加上轻微的疲倦，此刻想做的事竟是想到天象馆去看一场名叫《黑洞》的影片，那其间有多少茫茫宇宙不可解不可触的奥秘，而我们是小小的凡人，需要人与人之间无伪的关怀。但明天要走，有太多有待收拾有待整理的箱子和感情，便决定要回到我寓寄的小楼去。

那一天，我会记得，一九八四年二月六日，告别我所爱的一个城，飞回我更爱的另一个城，别盏是一袋血。那血为谁所获，我不知道，我知道的是自己的收获。我感觉自己是一条流量丰沛的大河，可以布下世间最不需牵挂的天涯深情。

还有什么比这更好的事呢？

后记：这篇小文，是应友人孙越发起的捐血运动而作的，论性质不免倾向"实用性"，但自己斟酌一下，觉得可以看作某一时期的"点式的自传"，所以仍然收在集子里。

人体中的繁星和穹苍

　　一个人是怎样变成自然科学家的？我认为是由于惊奇。

　　另一个人是怎样变成诗人的？我认为，也是由于惊奇。

　　至于那些成为音乐家成为画家，乃至成为探险家的，都源于对万事万物的一点欣喜错愕，因而有不能自已地想去亲炙探究的冲动。

　　如果一定要说有什么差别的话，那就是科学家总是惊奇之余想去揣一揣真相，文学艺术家却在惊奇之际只顾赞美叹气手舞足蹈起来——但是，其实，没有人禁止科学家一面研究一面赞叹，也没有人限制文学艺术家一面赞叹一面研究。

万物本身的可惊可奇是可爱的，而我，在生活的层层磨难之余仍能感知万物的可惊可奇也是可喜的——能将种种可惊可奇分享给别人更是可喜的。让我们一起来赞叹也一起来探究吧！

生命最初的故事

夜空里，繁星如一春花事，腾腾烈烈，开到盛时，让人担心它简直自己都不知该如何去了结。

繁星能数吗？它们的生死簿能一一核查清楚吗？

且不去说繁星和夜空，如果我们虔诚地反身自视，便会发现另一度宇宙，数以亿计的小光点溯流而上，奋力在深沉黑阒的穹苍中泅泳。然后，众星寂减，剩下那唯一的，唯一着陆的光体。

——我其实是在说精子和卵子的结合过程，那是生命最初的故事，是一切音乐的序曲部分，是美酒未饮前的激艳和期待，是饱墨的画笔要横走纵跃前的蓄势。

精子的探险之旅

如果说，人体本身的种种奇奥是一系列神话，则精子的探险旅行应视作神话的第一章。故事总是这样开始的：

有一次（Once upon a time），有一只小小的精子出发了，它的旅途并不孤单，和它结伴同行的探险家合起来有两三毫升（也有到五六毫升的），不要看不起这几毫升，每一毫升里的精子编制平均是两千万到六千万只（想想整个台湾还不到两千万人口呢！），几毫升合起来便有上亿的数目了！

这是一场机密的行军，所有的精子都安静如赴命的战士，只顾备力泅泳，它们虽属于同一部队（它们的军种，略似海军陆战队吧！），行军途中却没有指挥官，奇怪的是它们每一个都很清楚自己的任务——它们知道此行要抢先去攀登一块叫"卵子"的陆地，而且，这是一场不能回头的旅途。除了第一个着陆的英雄，其他精子唯一的命运就是死掉。"抱着万一成功的希望"，这句话对它们来说是太奢侈了，因为它们是"抱着亿一成功的希望"而全力以赴的。

考场、球场都有正常的竞争和淘汰，但竞争淘汰的比率到达如此冷酷无情的程度，除了"精子之旅"以外也很难在其他现象里找到了。

行行重行行，有些伙伴显然落后了，那超前的彼此互望一眼，才发现大家在大同中原来还是有小异的，其中有一批是 X 兵种，另一批是 Y 兵种。Y 的体型比较灵便，性格也比较急躁，看来颇有奏凯的希望，但 X 稳重踏实，一副跑马拉松的战略，是个不可轻敌的角色。这一番"抢渡"整个途程不过二十五厘米左右，但对小小的精子而言，却也等于玄奘取经横绝大漠的步步险阻了。这单纯的朝香客便不眠不休不食不饮一路行去。

优胜劣败的筛选

世间女子，一生排卵的数目约五百，一个现代女人大概只容其中的一两个成孕，而每一枚成孕的卵子是在亿对一的优势选择后才大功告成的。这种豪华浪费的大手笔真令人吃惊——可是，经过这场剧烈的优胜劣败的筛选，人种才有今天这么秀异，这么稳定。虽说"上天有好生之德"，但在整个人种绵延的过程中却反而只见铁面无私的霹雳手段呢！

虽然，整个旅程比一只手掌长不了多少，但选手却需要跑上两三个小时或五六个小时，算起来也是累得死人的长跑了。因此，如果情况不理想，全军覆没的情形也不免发生。另外一种情况也很常见，那就是选手平安到达，但对方迟到了，于是精子必须等待，事实上精子从出发到守候往往要支持十几个小时。

好了，终于最勇壮的一位到达终点了，通常在终点线附近会剩下大约一百名选手。最后的冲刺当然是极为紧张的，但这胜利者得到什么呢？有鲜花、金牌在等它吗？有镁光灯等着为它做证吗？没有，这幸运而疲倦的英雄没有时间接受欢呼，它必须立刻部署打第二场战，它要把自己的头帽自动打开，放出一些分解酵素，而这酵素可以化开卵子的一角护膜。那卵子，曾于不久前自卵巢出发，并在此中途相待，等待来自另一世界的英雄，等待膜的化解，等待对方的舍身投入。

生命完成的感恩

这一刹那，应该是大地倾身、诸天动容的一刹。

　　有没有人因精卵的神迹而肃然自重呢？原来一身之内亦如万古乾坤，原来一次射精亦如星辰纳于天轨，运行不息。故事里的孙悟空，曾顽皮地把自己变作一座庙宇，事实上，世间果有神灵，神灵果愿容身于一座神圣的殿堂，则那座殿堂如果不坐落于你我的此身此体，还会是哪里呢？

　　附：这样说吧，如果你行过街头，有人请你抽奖，如果你伸手入柜，如果柜中上亿票券只有一张是可以得奖，而你竟抽中了，你会怎样兴奋？何况奖额不是一百万一千万，而是整整一部"生命"，你曾为自己这样成胎的际遇而有过一丝一毫的感恩吗？

回首风烟

"喂，请问张教授在吗？"

电话照例从一早就聒噪起来。

"我就是。"

"嘿！张晓风！"对方的声音忽然变得又急又高又鲁直。

我愣一下，因为向来电话里传来的声音都是客气的、委婉的、有所求的。这直呼名字的作风还没听过，一时竟不知如何回答。

"你不记得我啦！"她继续用那直通通的语调，"我是李美津啦，以前跟你坐隔壁的！"

我忽然舒了一口气，怪不得，原来是她！三十年前的初中同学，对她来说，"教授""女士"都是多余的装饰词。对她来说，我只是那个简单的穿着绿衣黑裙的张晓风。

"我记得！"我说，"可是你这些年在哪里呀？"

"在美国，最近暑假回来。"

那天早晨我忽然变得很混乱，一个人时而抛回三十年前，时而急急奔回现在。其实，我虽是"北一女"①的校友，却只读过两年，以后因为父亲调职，举家南迁，便转学走了，以后再也没有遇见这批同学。忙碌的生涯，使我渐渐把她们忘记了。奇怪的是，电话一来，名字一经出口，记忆又复活了，所有的脸孔和声音都逼到眼前来。时间真是一件奇妙的东西，像火车，可以向前开，也可沿着轨道倒车回去；而记忆像呼吸，吞吐之间竟连自己也不自觉。

终于约定周末下午到南京东路去喝咖啡，算是同学会。我兴奋万分地等待那一天，那一天终于来了。

走进预订的房间，第一个看到的是坐在首席的理化老师，她教我们那年师大毕业不久，短发、浓眉大眼、尖下巴，声音温柔，我们立刻都爱上她了，没想到三十年后她仍然那样娴雅端丽。和老师同样显眼的是罗，她是班上的美人，至今仍保持四十五公斤的体重。记得那时候，我真觉得她是世间

---

① 北一女：即台北市立第一女子高级中学。

第一美女，医生的女儿，学钢琴，美目雪肤，只觉世上万千好事都集中在她身上了，大二就嫁给实业巨子的独生孙子，嫁妆车子一辆接一辆地走不完，全班女同学都是伴娘，席开流水……但现在看她，才知道在她仍然光艳灿烂的美丽背后，她也曾经结结实实地生活过。财富是有脚的，家势亦有起落，她让自己从公司里最小的职员干起，熟悉公司的每一部门业务，直到现在，她晚上还去修管理学分。我曾视之为公主为天仙的人，原来也是如此脚踏实地在生活着的啊。

"喂，你的头发有没有烫？"有一个人把箭头转到迟到的我身上。

"不用，我天生鬈毛。"我一边说，一边为自己生平省下的烫发费用而得意。

"现在是好了。可是，从前，注册的时候，简直过不了关，训育组的老师以为我是趁着放假偷偷去烫过头，说也说不清，真是急得要哭。"

大家笑起来。咦？原来这件事过了三十年再拿来说，竟也是好笑好玩的了。可是当时除了含冤莫白急得要哭之外，竟毫无对策，那时会气老师、气自己、气父母遗传给了我一头怪发。

然后又谈各人的家人。李美津当年，人长得精瘦，调皮捣蛋不爱读书，如今却生了几个品学兼优的好孩子，做起富富态态的贤妻良母来了；魏当年画图画得好，可惜听爸爸的话去学了商，至今念念不忘美术。

"从前你们两个做壁报，一个写、一个画，弄到好晚也回不了家，我在旁边想帮忙，又帮不上。"

我怎么想不起来有这么一回事？

"国文老师常拿你的作文给全班传阅。"

奇怪，这件事我也不记得了。

记得的竟是一些暗暗的羡慕和嫉妒，例如施，她写了一篇《模特儿的独白》，让橱窗里的模特儿说话。又例如罗珞珈，她写小时候的四川，写"铜脸盆里诱人的兔肉"。我当时只觉得她们都是天纵之才。

话题又转到音乐，那真是我的暗疤啊。当时我们要唱八分之六的拍子，每次上课都要看谱试唱，那么简单的东西不会就是不会，上节课不会，下节课便得站着上，等会唱了，才可以坐下。可是，偏偏不会，就一直站着，自己觉得丢脸死了。

"我现在会了，1231232……"我一路唱下来，大家笑起来，"你们不要笑啊，我现在唱得轻松，那时候却一想到音乐课就心胆俱裂。每次罚站也是急得要哭……"

　　大家仍然笑。真的，原来事过三十年，什么都可以一笑了之。还有，其实理化老师也苦过一番，她教完我们不久就辞了职，嫁给一个医学生，住在酒泉街的陋巷里挨岁月。三十年过去了，医学生已成名医，分割连体婴便是老师丈夫主的刀。

　　体育课、童军课、大扫除都被当成津津有味的话题。"喂，你们还记不记得，腕骨有八块——叫作舟状、半月、三角、豆、大多棱、小多棱、头状、钩——我到现在也忘不了。"我说，看到她们错愕的表情，我受到鼓励，又继续挖下去，"还有国文老师，有一次她病了，我们大家去看她，她哭起来，说她宫外孕，动了手术，以后不能有小孩了。那时我们太小，只觉奇怪，没有小孩有什么好哭的呢？何况她平常又是那么要强的一个人。"

　　许多唏嘘，许多惊愕，许多甜沁沁的回顾，三十年已过，当时的嗔喜，当时的笑泪，当时的贪痴和悲智，此时只是咖啡杯面的一抹轻烟，所有的伤口都自然可以结疤，所有的果实都已含蕴成酒。

　　有人急着回家烧晚饭，我们匆匆散去。

　　原来，世事是可以在一回首之间成风成烟的，原来一切都可以在笑谈间作梦痕看的，那么，这世间还有什么不能宽心、不能放怀的呢？

摇动过，但依然是我的土地

　　"黄来了，新加坡的黄，你记得吗？我们也许明天请他吃饭聊聊。"丈夫跟我说这句话是在晚餐的时候。

　　每次去新马，黄都把我的安适看成他的责任，三年不见，不知他怎么样了。但我也来不及想他，晚饭后睡了一觉，十二点起来赶稿。老朋友逼着要，躲不掉的。

　　那篇稿写的是台湾，写的时候自己几乎要笑出来，一所秀朗小学比南太平洋的"小岛国"瑙鲁要大好多倍哩！那个国家真是人丁不旺，总共才八千零四十二人；图瓦卢也好不到哪里去，才一万多人，我们一所秀朗小学就够成立好几个国家了。但高山上那只有一两个学生的小学也很动人，一切的教室、教学设备、师资仍然一丝不苟，只为对那一两个孩子

157

有所预期，只为让每个幼小者都能有学习的惊喜。写着写着，又写到玉山，写到公园。四点钟，女儿也起来了，我们各据餐桌一方，互不说话，认真忙自己的"功课"。

五点了，我去找录音机，打算把杂乱的稿子念一遍，供人誊抄。一站起来，只觉地覆天翻，女儿叫起来，我拉她躲在餐桌下面，那经验又恐惧又好玩。我们母女从来还不曾如此鼻子贴鼻子地蹲在桌子底下哩，即使在她极幼小的时候也不曾。家中两个男生也爬起来了，家里闹嚷一片，像除夕夜。

我六点躺下，把闹钟拨到七点，因为八点有课，整个过程里我只能说，上帝，别开玩笑，我们禁不起这样乱摇，我这一夜累坏了，我没有时间去"被震"啊！不管怎么样，我要先睡一个钟头。

第二天，丈夫回来，依然是晚餐时分，他说：

"黄走啦，不用请客了。他吓坏了，原来是明天的机票，他硬去换成今天的，我请人去送他，你猜怎么样？机场里人山人海，都是观光客，都是给地震吓到的，一个个嚷着要立刻划票回家。"

我一面听他说，一面试图从玻璃瓶里取出今年做的第一批芥菜心来尝，芥菜心独有的辣味直冲，我忍住眼泪。

奇怪啊，地震的时候我其实也是怕的，却打死也万万想不到出走的念头，当时只一心等地震过去，好赶快爬出来修改不甚满意的底稿。间或摇得太不像话的时候，就从心里跟上帝顶顶嘴，表示异议。摇得更厉害的时候干脆把心一横，搂着女儿对自己说："好家伙，死就死吧，这辈子活得也不枉了，怕什么？"

因为是自己的土地，因为是自己的天空，因为不是观光客，所以地动天摇的时候，心情无论如何惊惧，仍然拿脚跟踩住这块地，仍然用头颅顶着这片天。就算死，千年后，有人从劫灰中掘出成尘的你我，我们的骨血仍然饱含着今夜的月光，仍然化验得出本土的泥屑。

事后检点门户，最重要的损失是一只瓮，它倒在地下，裂了，水流得满地。我把植物拿起来，破片收好，丈夫把水擦得半干——反正剩下的它自己会干的。这一切都是在凌晨前赶睡一小时早觉之前做好的。

我躺在床上，犹在盘想，明天要去找一罐树脂，把跌破的瓮仔细粘上，粘好以后当然不能再放水来养植物了，那也无妨，破瓮还是可以插点枯枝或干花的，学校后山上的箕芒冬天来了就干得很好看，有空可以摘一把回来……好困，但仍在有一搭没一搭地想那只瓮……这是我的地盘，摇过震过，而且难保明天不继续摇撼，但它是我唯一的爱，我从来无法把它跟别的土地放在一起来选择，余震似乎犹在，明天我会去补那只瓮……我终于理由充足地睡着了。

辑三　二三事

受降者

——捐出"中字第一号备忘录"收执和
"中字第二、三、四号备忘录"收执有感

结束了香港的教书生涯，我匆匆回台北，然后又匆匆南下，探视我在芒果树和白兰花之间的娘家。

父亲见我远行归来，摸摸索索地掏出些东西拿给我，慎重其事地说：

"我年纪大了，这些东西还是交给你吧！"

我一时尚未会过意来，父亲把那暗黄色的纸摊开，耐心地解释起来：

"那是一九四七年的事了，我在国防部参谋总长室做事（当时的参谋总长是陈诚，副参谋总长是郭忏）。有一天，我奉命销毁一堆文件，我一张张烧，忽然发现了这一叠，觉得有点价值，就拿回去重新问总长，他说：'不用留了，如果你喜欢，就自己收着做个纪念吧。'"

我开始有点好奇了，父亲当年从一把火里救出来的究竟是些什么东西呢？

"日本人投降的消息是八月十号晚上发的，这两份文件是八月二十一号和二十三号签的（算来有四十年了！），当然，从一般角度来看，九月九日上午九时在南京的受降大典才是最正式最重要的，但八月二十一日在湖南芷江'驻华日军最高指挥官冈村宁次将军'接受'受降令'才是双方胜负已决之后最早的接触。这两份文件是冈村宁次的代表今井武夫少将签下的收条，说明收到了我方的'中字第一号备忘录'以及'中字第二、三、四号备忘录'。

"这几张文件因为有日本代表的签名，要是卖给日本人，也值一点钱的。如果要捐也随你，反正是交给你了。要是你弄不清楚八月二十一日芷江洽降的过程，我这里还留了一张一九四六年九月三日的《中央日报》，上面有篇赵朴先生写的文章，追述当日过程，记得很详细，你可以拿去看看。"

父亲平平静静地把话说完了。

但霎时间，我却知道自己从父亲手中接下的不止是几页简单的原始文件，那背后有四十年前一个亮烈的八月，那其间有五亿人口在八年苦战之后的喜极欲泣的狂呼。在长沙屠城之际，在南京惨杀之时，有千千万万含恨而死的中国人，那千千万万暴突不闭的怒目所想要看的不就是此刻我手中的这样一张纸吗？至于那些洒血于天、浇血于地、染血于海的战士，他们鲜红的伤口嘶喊以求的，不就是这样一份梦想吗？一份自豪自足，以泱泱上国的风度令战败国和我们讨论受降事宜的文件。我何德何能竟可以不残一肢不损一发而可以看到摸到这份光荣！

透过秦孝仪先生，我得以在"七七抗战纪念"前一日把这份文件捐给阳明书屋。是日清晨上山，天气晴和，树色端肃，从云端俯视大台北，只见山川静好，岁月含情。而孙中山的饱笔酣墨，邹容的潇洒篆刻，以及林觉民缠绵入骨的遗书，此刻都无比安详地在陈列室里暖暖放光。

让这样一份文件加入那发光的行列吧！把它留给中华民族吧！愿所有的中国人知道，我们曾是从容大度的受降者。愿我们的子子孙孙都知道，名叫"中国人"的这个民族可以饥可以渴可以遭困可以受窘，可以长夜伏在浥满泪痕的枕上，可以流其血而授其首，但，自始至终，这个民族却一直知道一件事，我们自会是最后的受降者。

鼻子底下就是路

走下地下铁，只见中环车站人潮汹涌，是名副其实的"潮"，一波复一波，一涛叠一涛。在世界各大城的地下铁里，香港因为开始得晚，反而后来居上，做得非常壮观利落。但车站也的确大，搞不好明明要走出去的却偏偏会走回来。

我站住，盘算一番，要去找个人来问话。虽然满车站都是人，但我问路自有我精挑细选的原则：

第一，此人必须慈眉善目，犯不上问路问上凶煞恶神。

第二，此人走路速度必须不徐不疾，走得太快的人你一句话没说完，他已窜到十米外去了，问了等于白问。

第三，如果能碰到一对夫妇或情侣最好，一方面"一箭双雕"，两个人里面至少总有一个会知道你要问的路，另一方面大城市里的孤身女子甚至孤身男子都相当自危，陌生人上来搭话，难免让人害怕，一对人就自然而然地胆子大多了。

第四，偶然能向慧黠自信的女孩问上话也不错，她们偶或一时兴起，也会陪我走上一段路的。

第五，站在路边作等人状的年轻人千万别去问，他们的一颗心早因为对方的迟到急得沸腾起来，哪里有情绪理你，他和你说话之际，一分神说不定就和对方错开了，那怎么可以！

今天运气不错，那两个边说边笑的、衣着清爽的年轻女孩看起来就很理想，我于是赶上前去，问：

"母该垒（'不该你'，即'对不起'之意），'德辅道中'顶航（顶是'怎'的意思，航是'行走'的意思）？"我用的是新学的广东话。

"啊！果边航（这边行）就得了（就可以了）！"

两人还把我送到正确的出口处，指了方向，甚至还问我是不是台湾来的，才道了再见。

其实，我皮包里是有一份地图的，但我喜欢问路，地图太现代感了我不习惯，我仍然喜欢旧小说里的行路人，跨马来到三岔路口，跳下马唱声喏，对路边下棋的老者问道：

"老伯，此去柳家庄悦来客栈打哪里走？约莫还有多远脚程？"

　　老者抬头，骑者一脸英气逼人，老者为他指了路，无限可能的情节在读者面前展开……我爱的是这种问路，问路几乎是我碰到机会就要发作的怪癖，原因很简单，我喜欢问路。

　　至于我为什么喜欢问路，则和外婆有很大的关系。外婆不识字，且又早逝，我对她的记忆多半是片段的，例如她喜欢自己捻棉成线，工具是一支筷子和一枚制钱，但她令我最心折的一点却是从母亲处听来的：

　　"小时候，你外婆常支使我们去跑腿，叫我们到××路去办事，我从小胆小，就说：'妈妈，那条路在哪里？我不会走啊！'你外婆脾气坏，立刻骂起来：'不认路，不认路，你真没用，路——鼻子底下就是路。'我听不懂，说：'妈妈，鼻子底下哪有路呀？'后来才明白，原来你外婆是说鼻子底下就是嘴，有嘴就能问路！"

　　我从那一刹立刻迷上我的外婆，包括她的漂亮，她的不识字的智慧，她把长工短工田产地产管得井井有条的精力以及她蛮横的坏脾气。

　　由于外婆的一句话，我总是告诉自己，何必去走冤枉路呢？宁可一路走一路问，宁可在别人的恩惠和善意中立身，宁可像赖皮的小幺儿去仰仗哥哥姐姐的威风。渐渐地才发现能去问路也是一项权利，是立志不做圣贤不做先知的人的最幸福的权利。

　　每次，我所问到的，岂止是一条路的方向，难道不也是冷漠的都市人的一颗犹温的心吗？而另一方面，在人生的版图上，我不自量力，叩前贤以求大音，所要问的，不也是可渡的津口可行的阡陌吗？

　　每一次，我在陌生的城里问路，每一次我接受陌生人的指点和微笑，我都会想起外婆，谁也不是一出世就藏有一张地图的人，天涯的道路也无非边走边问，一路问出来的啊！

二三事

越来越搞不懂她，所以只好公布她的几件事，随别人去评断了。

一周岁那天母亲举行"抓周"大典，箩筐里放了许多日用品，以小孩第一件抓到手的东西来代表将来会走的路向。这大概是人类发明最早的"婴儿性向测验"吧！不料她不依常规，双手齐下，同时抓到了口红和笔记本，大人说她大约将来既爱调脂弄粉，也爱舞文弄墨——四十年后她再来想想，居然发现好像也大致不差哩，她爱漂亮，也爱笔记本。

而且，更奇怪的是，她竟真是个两手乱抓的人。既要做事业也要爱情。既要学术，也要文艺。既要做灯下课子，也想仗剑天涯，没办法，生来如此。

十几岁的时候，有人发起"从军报国"，她也报了名。后来，来了个长官，慰勉有加，一人发一张奖状。登记的时候，她说要当海军，办事员说不可，女孩子只能去干校。她非常愤怒，那么蔚蓝的大海，那么雪白笔挺的制服，居然不准女孩子去。哼！不能当海军她才不要去当兵，流血和死她倒不怕，只要死在一身漂亮的雪白制服里。

她考大专联考那年，居然是不分组的，每个人可以填许多志愿，她一本正经地把全部学系都填了，依次是教育、中文、历史、外文，最后，还把医学系也填上。同学看了都惊绝，骂她神经：

"医学系分数那么高，你居然把它填在最后，你如果考得不好，就不必说了，就算考得好，也录到前面的志愿去了，医学系填了等于没填。"

她当然也懂，却不服气，跟人家辩道：

"你看清楚没有，这是一张'志愿表'，既然是志愿表，当然就该填志愿，你们那种填法不叫'填志愿'，叫'填去年分数高下次序排列表'，我在志愿表上填真志愿，有什么不对了？医学系太可怕，要解剖，我不敢读，所以填在最后。"

她没有考上第一志愿教育，却读了中文。

命运很有趣，很多年后她发现自己依着第一志愿入了教育界，教的是她的第二志愿中文，而且，连她最后一个志愿也一并实现了，她竟在一所医学院教书。她不再怕什么，医学该是极温暖的一门科学，生命是一张可爱的大型志愿表，每一个愿望都值得去为之付出、为之走它一生一世。

你不能要求简单的答案

年轻人啊，你问我说：

"你是怎样学会写作的？"

我说：

"你的问题不对，我还没有'学会'写作，我仍然在'学'写作。"

你让步了，说：

"好吧，请告诉我，你是怎么学写作的？"

这一次，你的问题没有错误，我的答案却仍然迟迟不知如何出手，并非我自秘不宣——但是，请想一想，如果你去问一位老兵：

"请告诉我，你是如何学打仗的？"

——请相信我，你所能获致的答案绝对和"驾车十要"或"计算机入门"不同。有些事无法做简单的回答，一个老兵之所以成为老兵，故事很可能要从他十三岁那年和弟弟一齐用门板扛着被日本人炸死的爹娘去埋葬开始，那里有其一生的悲愤郁结，有整个中国近代史的沉痛、伟大和荒谬。不，你不能要求简单的答案，你不能要一个老兵用明白扼要的字眼在你的问卷上做填充题，他不回答则已，如果回答，就必须连着他一生的故事。你必须同时知道他全身的伤疤，知道他的胃溃疡，知道他五十年来朝朝暮暮的豪情与酸楚……

年轻人啊，你真要问我跟写作有关的事吗？我要说的也是：除非我不回答你，要回答，其实也不免要夹上一生啊（虽然一生并未过完）！一生的受苦和欢悦，一生的痴意和决绝忍情，一生的有所得和有所舍。写作这件事无从简单回答，你等于要求我向你述说一生。

两岁半，年轻的五姨教我唱歌，唱着唱着，我就哭了，那歌词是这样的：

小白菜呀，地里黄呀，三两岁上呀，没有娘呀……生个弟弟比我强呀……弟弟吃面，我喝汤呀……

我平日少哭，一哭不免惊动妈妈，五姨也慌了，两人追问之下，我哽咽地说出原因：

"好可怜啊，那小白菜，晚娘只给她喝汤，喝汤怎么能喝饱呢？"

这事后来成为家族笑话，常常被母亲拿来复述，我当日大概因为小，对孤儿处境不甚了然，同情的重点全在"弟弟吃面她喝汤"的层面上，但就这一点，后来我细想之下，才发现已是"写作人"的根本。人人岂能皆成孤儿而后写孤儿？听孤儿的故事，便放声而哭的孩子，也许是比较可以执笔的吧。我当日尚无弟妹，在家中娇宠恣纵，就算逃难，也绝对不肯坐入挑筐。挑筐因一位挑夫可挑前后两箩筐，所以比较便宜。千山迢递，我却只肯坐两人合抬的轿子，也算是一个不乖的小孩了。日后没有变坏，大概全靠那点善于与人认同的性格。所谓"常抱心头一点春，须知世上苦人多"的心情，恐怕是比学问、见解更为重要的人之所以为人的本源。当然它也同时是写作的本源。

七岁，到了柳州，便在那里读小学三年级。读了些什么，一概忘了，只记得那是一座多山多水的城，好吃的柚子堆在浮桥的两侧卖。桥在河上，河在美丽的土地上。整个逃离的途程竟像一场旅行。听爸爸一面算计一面说："你已经走了大半个中国啦！从前的人，一生一世也走不了这许多路的。"小小年纪当时心中也不免陡生豪情侠义。火车在山间蜿蜒，血红的山踯躅开得满眼，小站上有人用小砂甑闷了香肠饭在卖，好吃得令人一世难忘。整个中国的大苦难我并不了然，知道的只是火车穿花而行，轮船破碧疾走，一路懵懵懂懂南行到广州，仿佛也只为到水畔去看珠江大桥，到中山公园去看大象和成天降下祥云千朵的木棉树……

那一番大搬迁有多少生离死别，我却因幼小只见山河的壮阔，千里万里的异风异俗。某一夜的山月，某一春的桃林，某一女孩的歌声，某一城垛的黄昏，大人在忧思中不及一见的景致，我却一一铭记在心，乃至一饭一蔬一果，竟也多半不忘。古老民间传说中的天机，每每为童子见到，大约就是因为大人易为思虑所蔽。我当日因为浑然无知，反而直窥入山水的一片清机。山水至今仍是那一砚浓色的墨汁，常容我的笔有所汲饮。

小学三年级，写日记是一件很痛苦的回忆。用毛笔，握紧了写（因为母亲常绕到我背后偷抽毛笔，如果被抽走了，就算握笔不牢，不合格）。七岁的我，哪有什么可写的情节，只好对着墨盒把自己的日子从早到晚一遍遍地再想过。其实，等我长大，真的执笔为文，才发现所写的散文，基本上也类乎日记。也许不是"日记"而是"生记"，是一生的记录。一般的人，只有幸"活一生"，而创作的人，却能"活两生"。第一度的生活是生活本身；第二度是运用思想再追回它一遍，强迫它复现一遍。萎谢的花不能再艳，磨成粉的石头不能重坚，写作者却能像呼唤亡魂一般把既往的生命唤回，让它有第二次的演出机缘。人类创造文学，想来，目的也即在此吧？我觉得写作是一种无限丰盈的事业，仿佛别人的卷筒里填塞的是一份冰激凌，而我的，是双份，是假日里买一送一的双份冰激凌，丰盈满溢。

也许应该感谢小学老师的，当时为了写日记把日子一寸寸回想再回想的习惯，帮助我有一个内省的深思人生。而常常偷偷来抽笔的母亲，也教会我一件事：不握笔则已，要握，就紧紧地握住，对每一个字负责。

八岁以后，日子变得诡异起来，外婆猝死于心脏病。她一向疼我，但我想起她来却只记得她拿一根筷子、一片铜制钱，用棉花自己捻线来用。外婆从小出身富贵之家，却勤俭得像没隔宿之粮的人。其实五岁那年，我已初识死亡，一向带我的佣人在南京因肺炎而死，不知是几"七"，家门口铺上炉灰，等着看他的亡魂回不回来，铺炉灰是为了检查他的脚印。我至今几乎还能记起当时的惧怖，以及午夜时分一声声凄厉的狗嚎。外婆的死，再一次把死亡的剧痛和荒谬呈现给我，我们折着金箔，把它吹成元宝的样子，火光中我不明白一个人为什么可以如此彻底消失了。葬礼的场面奇异诡秘，"死亡"一直是令我恐惧乱怖的主题——我不知该如何面对它。我想，如果没有意识到死亡，人类不会有文学和艺术。我所说的"死亡"，其实是广义的，如即聚即散的白云，旋开旋灭的浪花，一张年头鲜艳年尾破败的年画，或是一支心爱的自来水笔，终成破敝。

文学对我而言，一直是那个挽回的"手势"。果真能挽回吗？大概不能吧？但至少那是个依恋的手势，强烈的手势，照中国人的说法，则是个天地鬼神亦不免为之愀然色变的手势。

读五年级的时候，有个陈老师很奇怪地要我们几个同学来组织一个"绿野"文艺社。我说"奇怪"，是因为他不知是有意或无意的，竟然丝毫不拿我们当小孩子看待。他要我们编月刊；要我们在运动会里做记者并印发快报；他要我们写朗诵诗，并且上台表演；他要我们写剧本，而且自导自演。我们在校运会中挂着记者条子跑来跑去的时候，全然忘了自己是个孩子，满以为自己真是个记者了，现在回头去看才觉好笑。我如今也教书，很不容易把学生看作成人，当初陈老师真了不起，他给我们的虽然只是信任而不是赞美，但也够了。我仍记得白底红字的油印刊物印出来之后，我们去一一分派的喜悦。

我间接认识一个名叫安娜的女孩，据说她也爱诗。她要过生日的时候，我打算送她一本《徐志摩诗集》。那一年我初三，零用钱是没有的，钱的来源必须靠"意外"，要买一本十元左右的书因而是件大事。于是我盘算又盘算，决定一物两用。我打算早一个月买来，小心地读，读完了，还可以完好如新地送给她。不料一读之后就舍不得了，而霸占礼物也说不过去，想来想去，只好动手来抄，把喜欢的诗抄下来。这种事，古人常做，复印机发明以后就渐成绝响了。但不可解的是，抄完诗集以后的我整个和抄书以前的我不一样了。把书送掉的时候，我竟然觉得送出去的只是形体，一切的精华早为我所吸取，这以后我欲罢不能地抄起书来，例如：从老师处借来的冰心的《寄小读者》，或者其他散文、诗、小说，都小心地抄在活页纸上。感谢贫穷，感谢匮乏，使我懂得珍惜，我至今仍深信最好的文学资源是来自双目也来自腕底。古代僧人每每刺血抄经，刺血也许不必，但一字一句抄写的经验却是不应该被取代的享受。仿佛玩玉的人，光看玉是不够的，还要放在手上抚触，行家叫"盘玉"。中国文字也充满触觉性，必须一个个放在纸上重新描摹——如果可能，加上吟哦会更好，它的听觉和视觉会一时复苏起来，活力弥弥。当此之际，文字如果写的是花，则枝枝叶叶芬芳可攀；如果写的是骏马，则嘶声在耳，鞍辔光鲜，真可一跃而去。我的少年时代没有电视，没有电动玩具，但我反而因此可以看见希腊神话中赛克公主的绝世美貌，黄河冰川上的千古诗魂……

读我能借到的一切书，买我能买到的一切书，抄录我能抄录的一切片段。

刘邦项羽看见秦始皇出游，便跃跃然有"我也能当皇帝"的念头，我只是在看到一篇好诗好文的时候有"让我也试一下"的冲动。这样一来，只有对不起国文老师了。每每放了学，我穿过密生的大树，时而停下来看一眼枝丫间乱跳的松鼠，一直跑到国文老师的宿舍，递上一首新诗或一阕词，然后怀着等待开奖的心情，第二天再去老师那里听讲评。我平生颇有"老师缘"，回想起来皆非我善于撒娇或逢迎，而在于我老是"找老师的麻烦"。我一向是个麻烦特多的孩子，人家两堂作文课写一篇五百字《双十节感言》交差了事，我却抱着本子从上课写到下课，写到放学，写到回家，写到天亮，把一个本子全写完了，写出一篇小说来。老师虽一再被我烦得要死，却也对我终生不忘了。少年之可贵，大约便在于胆敢理直气壮地去麻烦师长，即使有老天爷坐在对面，我也敢连问七八个疑难（经此一番折腾，想来，老天爷也忘不了我），为文之道其实也就是为人之道吧？能坦然求索的人必有所获，那种渴切直言的探求，任谁都要稍稍感动让步的吧（这位老师名叫钟莲英，后来她去了板桥艺大教书）？

你在信上问我，老是投稿，而又老是遭人退稿，心都灰了，怎么办？

你知道我想怎样回答你吗？如果此刻你站在我面前，如果你真肯接受，我最诚实最直接的回答便是一阵仰天大笑：

"啊！哈——哈——哈——哈——哈……"

笑什么呢？其实我可以找到不少"现成话"来塞给你做标准答案，诸如"勿气馁"啦、"不懈志"啦、"再接再厉"啦、"失败为成功之母"啦，可是，那不是我想讲的。我想讲的，其实就只是一阵狂笑！

一阵狂笑是笑什么呢？笑你的问题离奇荒谬。

投稿，就该投中吗？天下哪有如此好事？买奖券的人不敢抱怨自己不中，求婚被拒绝的人也不会到处张扬，开工设厂的人也都事先心里有数，这行业是"可能赔也可能赚"的。为什么只有年轻的投稿人理直气壮地要求自己的作品成为铅字？人生的苦难千重，严重得要命的情况也不知要遇上多少次。生意场上、实验室里、外交场合，安详的表面下潜伏着长年的生死之争。每一类的成功者都有其身经百劫的疤痕，而年轻的你却为一篇退稿陷入低潮？

记得大一那年，由于没有钱寄稿（虽然稿件视同印刷品，可以半价——唉，邮局真够意思，没发表的稿子他们也视同印刷品呢！——可惜我当时连这半价邮费也付不出啊！），于是每天亲自送稿，每天把一番心血交给门口警卫以后便很不好意思地悄悄走开——我说"每天"，并没有记错，因为少年的心易感，无一事无一物不可记录成文，每天一篇毫不困难。胡适当年责备少年人"无病呻吟"，其实少年在呻吟时未必无病，只因生命资历浅，不知如何把话删削到只剩下"深刻"，遭人退稿也是活该。我每天送稿，因此每天也就可以很准确地收到两天前的退稿，日子竟过得非常有规律起来。投稿和退稿对我而言就像有"动脉"就有"静脉"一般，是合乎自然定律的事情。

那一阵投稿我一无所获——其实，不是这样的，我大有斩获，我学会用无所谓的心情接受退稿。那真是"纯写稿"，连发表不发表也不放在心上。

如果看到几篇稿子回航就令你沮丧消沉——年轻人，请听我张狂的大笑吧！一个怕退稿的人可怎么去面对冲锋陷阵的人生呢？退稿的灾难只是一滴水一粒尘的灾难，人生的灾难才叫排山倒海呢！碰到退稿也要沮丧——快别笑死人了！所以说，对我而言，你问我的问题不算"问题"，只算"笑话"，投稿投不中有什么大不了！如果你连这不算事情的事也发愁，你这一生岂不愁死？

传统中文系的教育很多人视之为写作的毒药，奇怪的是对我而言，它却给了我一些更坚实的基础。文字训诂之学，如果你肯去了解它，其间自有不能不令人动容的中国美学，声韵学亦然。知识本身虽未必有感性，但那份枯索严肃亦如冬日，繁华落尽处自有无限生机。和一些有成就的学者相比，我读的书不算多，但我自信每读一书于我皆有增益。读《论语》，于我竟有不胜低回之致；读史书，更觉页页行行都该标上惊叹号。世上既无一本书能教人完全学会写作，也无一本书完全于写作无益。就连看一本烂书，也算负面教材，也令我怵然自惕，知道自己以后为文万不可如此骄矜昏昧，不知所云。

有一天，在别人的车尾上看到"独身贵族"四个大字，当下失笑，很想在自己车尾上也标上"已婚平民"四个字。其实，人一结婚，便已堕入平民阶级，一旦生子，几乎成了"贱民"，生活中种种烦琐吃力处，只好一肩担了。平民是难有闲暇的，我因而不能有充裕的写作时间，但我也因而了解升斗小民在庸庸碌碌、乏善可陈的生活背后的尊严，我因怀胎和乳养的过程，而能确实怀有"彼亦人子也"的认同态度，我甚至很自然地用一种霸道的母性心情去关爱我们的环境和大地。我人格的成熟是由于我当了母亲，我的写作如果日有臻进，也是基于同样的缘故。

你看，你只问了我一个简单的问题，而我，却为你讲了我的半生。文章千古事，得失寸心知。记得旅行印度的时候，看到有些小女孩在编丝质地毯，解释者说：必须从幼年就学起，这时她们的指头细柔，可以打最细最精致的结子，有些毯子要花掉一个女孩一生的时间呢！文学的编织也是如此一生一世吧？这世上没有什么不是一生一世的，要做英雄、要做学者、要做诗人、要做情人，所要付出的代价不多不少，只是一生一世，只是生死以之。

我，回答了你的问题吗？

后　记

　　坐在研究图书馆翻一沓一沓的旧报纸，翻报纸的原因是由于平日习惯不好，稿子随写随丢，如今要出书了，我只好自己来翻档案。当时是暮春三月，台大校园正是传说中的杜鹃花城复活，我虽在馆中深坐，亦能感知大地上万头攒动的小草。至于那艳如少年梦境的花海，正波狂浪骤地来拍打来冲击来摇撼这座图书馆，这座智慧潜藏的城堡。而旧报耐读，我翻着翻着就忘了自己此行的目的，只记得花，只记得篇篇好文章——（当然不是指我自己的），一面翻着，当下就几乎要击节叫好，猛然想起今天下午真正该做的事，不禁对自己又好笑，又好气起来。

　　可是，何必出一本书呢？此刻，在这样浩瀚的书海里增不增加一本书又有什么差别？记得去年秋天赴波士顿开会，会后蒙张凤邀我赴哈佛燕京图书馆参观，并请我为馆中藏书——当然是指我的作品——签名。

"作者签了名的书就算善本书，以后就放在善本室里。"

我坐下签名，她慎重其事地拍起录影带来，"放在善本室"，多么好的诱惑，但我想起刚才和管理善本资料的戴先生聊天，他一面热心地告诉我贴什么颜色的标签就代表什么朝代，一面笑起来：

"哎，说句不好意思的话，这里好东西太多啦，元代以后的，在我们看来，简直就不算什么啦！"

我一面机械地为那十几本书签名，一面怔怔地想起那些话，心中觳觫起来，文学英雄的较力是要等千儿八百年的，千年之后，孰高孰下才见分晓。

那一次顺道又去访孙康宜和郑愁予执教的耶鲁。黄昏时分，夕阳穿越大理石屏窗，大片石材被照射得明艳欲滴如通透的古玉。这一次参观的，仍是图书馆。由于天晚了，我不打算再玩签名的把戏，愁予不服气，去把资料卡抽出：

"你看，你看，哈佛才十几本，我们有三十几本呢！"

我把卡片看看，不觉好笑起来，所谓三十几本是把我编过的书也算进去了，更可笑的是有些香港版的怪书也假我之名，说是我编的，也算到我头上来，这真是一个古怪的世界。

　　然而，此刻我坐在台大的"研图"翻资料，我竟要再多出一本书吗？

　　想起前年，在北海道，冬雪隆重盛美。我白天倦游归来，深夜便躲在女友的小楼里，享受窗外圆月映雪，窗内灯火沸茶的情趣，忽然，台北长途电话来了。

　　"嘿，嘿，你没想到吧，你在北海道我们也有本领追踪到哩！"电话那头是《时报周刊》的朋友，口气里有着近乎促狭的得意。

　　哎！的确是没想到，我有着淡淡的无所遁形的悲哀。

　　"找你，是希望你说几句话，去年年度'文学类'的书里，你的《我在》排行榜第一，你的书如此畅销，你有什么感想？"

　　远赴北海道是来"消失"的，是来做人间游戏中的"躲方"的。怎想到，一通电话，便被人从茫茫雪原中揪出，而且，在别人的好意中被迫回答问题。

　　我其实并不是"畅销书作者"，我只是一个作者——偶然有一两本书畅销而已。像我的戏剧作品，便很冷门（虽然最近每在大陆上演，并且据说很受欢迎）。对我而言，最重要的，并不是排行榜上有名，最重要的——这很难说得让人明白，我举例来说吧，有个女孩从香港寄信来，她来自印尼，在香港看了我的书，很想和她的朋友分享，但印尼是个禁止华文的国家，她于是把书一页页拆开。每次写信，就偷偷夹寄一两页回印尼去给她的朋友。这样的故事每让我感动到悲喜失措的程度——有人在读我，不是一万人两万人或五万人十万人，而是，一个人，在远方，在华文不准到达的远方，有一个人，在一页一页一行一行读我。

——我是为这样的朋友而写作，而出书的。

然而却又有人问，为何好久不见你写文章了？

是吗？我听了不禁有二分惭愧，但剩下的八分仍是不惭愧的。没有写文章有时是必要的。想起我在台视公司"陈香梅剧本奖"颁奖会上的即席演讲词，或者可以借来做一番解释。

"我今天站在这里，与其要我去品评这些新人的优劣，不如容我说说自己的评审过程和心情。记得那是秋天九月，我带着公司交给我的这沓稿子登上太鲁阁公园，投宿在一个叫作'绿水'的地方。清晨起来，就着山中微熹看一本本创作，太阳愈来愈亮，水声在下，鸟声在上，在这样的高海拔上，面对山光云影，读这样高水准的作品，这时节，公园正待成立，一切的美好或待保存或待构成，而我，是一个有幸亲睹其成的人，和古人今人相比，我都自觉幸运……"

这些年来，我跑了好些座公园，也参与他们的宣传工作，对于整体环境的关怀，不知可不可以作为疏于写作的借口。终年不断的评审工作亦烦累劳神，然而我仍答应了，因为总觉得人的后半世是用来还恩还债的。

夏夜初长，我到阳台上去摘盛放的小白茉莉，儿子忽然大叫："呀，荷花发小花苞了！"

"什么？什么？"

我急忙地跑过去，那口气仿佛他的话听来难以相信似的。想想也好笑，荷花反正年年要开的，怎么乍听之下，竟觉不可置信呢？及至站在荷花缸前，看到毫端指天如倒立彩笔一样，含蓄欲有所挥洒的花梗花蕾，才算放了心，知道真有一朵朵清凉等待释放，但刚才为什么我惊乍不定呢？想来是因为荷花太好，好到不可置信，每逢开花，只觉是天恩天宠，不觉是自己分内应享的年度权利。

出书于我也是如此吧！别人以为我经常出书，早已看作例行公事。其实不然，我仍不免于惊诧和期待，仍然不免对自己说:"怎么,真的又有一本书了?"

薰薰欲有所燃的南风里,我是对别人和对自己都欲有所待的看花人。

一九八八．六